VIE ET MORT
DE VERNON SULLIVAN

DU MÊME AUTEUR

—

Supernova. Les Avrils, 2021.

DIMITRI KANTCHELOFF

VIE ET MORT DE VERNON SULLIVAN

FINITUDE

Illustration de couverture : © Quentin Monge

ISBN 978-2-36339-194-0

pour Anoushka

« La seule vérité, en fin de compte,
c'est de mener une vie passionnée,
même si elle se rebelle et vous frappe
au visage. »

Boris Vian

Né en 1946, Vernon Sullivan vécut épisodiquement jusqu'en 1959 ; ce qui explique sans doute la brièveté de sa biographie. La vie, cependant, lui laissa le temps d'écrire quatre romans, dont certains furent adaptés au cinéma, au théâtre ou en bande dessinée.

Ne cherchez pas de tombe à son nom. Ni pour vous y recueillir, ni pour y cracher. Vous n'en trouverez pas. D'aucuns, d'ailleurs, réfutent jusqu'à l'existence même de Sullivan.

Ce serait faire bien peu de cas de ce récit.

1

Reprenons depuis le début.

1946, donc.

Le 25 juin, pour être précis.

C'est un mardi et Boris Vian s'emploie à quelque activité à l'Office Professionnel des Industries et des Commerces du Papier et du Carton.

Sa longue silhouette roide est penchée sur la table de travail. Son air, qu'un teint have exagère, semble sérieux. D'un index sûr, il gratte son menton, ce qui n'est pas sans ajouter à la gravité de la tâche.

Tout, autour de lui, s'agite : ingénieurs falots et secrétaires sans grâce, petits chefs aux complets-vestons grisâtres, on va, on vient, comme les idées dans l'esprit de Boris, la poésie en moins.

Lui ne bouge pas, s'applique à rester concentré.

Nul ne sait à quoi il s'occupe – à vrai dire, ça n'a pas l'air passionnant – mais il tient manifestement à ce que ce soit bien fait.

Aussi le laisse-t-on triturer les instruments de mesure et les appareils de calcul qui occupent son bureau, raturer les documents administratifs et les brouillons au dos desquels il a pris l'habitude de griffonner, entre deux réunions, des poèmes et des nouvelles, des idées de romans et toute une panoplie de personnages aux faux airs primitifs.

Mais cela ne dure pas ; le téléphone, déjà.

Oui, répond-il, bien sûr, ce sera fait... bien sûr, répète-t-il comme pour rassurer cet interlocuteur dont on ne sait rien, sinon, à la déférence de Boris, son importance dans la hiérarchie de l'entreprise. C'est entendu, mes hommages à Madame.

La conversation expédiée, il retourne à ses calculs, a tout juste le temps de gribouiller un schéma ou deux. Mais le téléphone, encore.

Cette fois, c'est Raymond.

Queneau.

Le mentor.

On ne présente pas le grand écrivain. D'ailleurs, lui-même n'en prend pas la peine. Je suis désolé, se contente-t-il d'annoncer en guise d'introduction.

Et puis, chose rare, Raymond cherche ses mots, bafouille, pas peu gêné par la situation, et c'est bien le moins quand on sait ce qui vient d'arriver.

Après avoir fait accepter chez Gallimard, en début d'année, les deux premiers romans de Boris – *Vercoquin et le Plancton* ainsi que *L'Écume des jours* –, il tenait pour acquise l'attribution à ce dernier du Prix de la Pléiade. Il avait assuré le jeune auteur du soutien de l'entièreté ou presque du jury: Malraux, Éluard, Arland, Camus, Sartre et Paulhan – le directeur de la NRF. Tous avaient promis leur voix pour récompenser le meilleur manuscrit de l'année. On en était même venu à se demander s'il était nécessaire de réunir tout ce petit monde pour délibérer tant le résultat passait pour joué d'avance.

Mais voilà, si Queneau prend la peine d'appeler en pleine après-midi de cette voix un peu serrée, ce n'est pas pour annoncer de bonnes nouvelles.

Boris se tend, attrape un élastique dont il entend, par l'action de ses doigts étirant puis lâchant la chose, se servir pour calmer ses nerfs, écoute.

Vois-tu, annonce Raymond, il s'est produit lors des délibérations un événement, disons, inattendu.

Vian observant un silence, Queneau poursuit. L'abbé Grosjean, dit-il, qui comme tu le sais est un ami de Malraux, a passablement intrigué auprès de celui-ci et de Paulhan afin que les jurés attribuent le prix à son recueil de poèmes.

Silence, toujours, face à quoi Queneau rappelle son indéfectible soutien, tout comme celui de Sartre, bégaie une excuse convenue, se maudit d'avoir pu se montrer aussi inconséquent, croit bien faire en déplorant les arcanes du milieu littéraire, ses manigances, ses entourloupes, s'indigne du comportement de la bande à Paulhan, fulmine, enrage, pérore tant que Boris ne prononce toujours pas le moindre mot.

Et s'il se tait, ce n'est pas qu'il n'ait rien à dire. Non. C'est qu'il ne peut s'empêcher d'embrasser d'un regard morne ce bureau qu'il s'imagine tout à coup ne jamais pouvoir abandonner : ingénieurs falots et secrétaires sans grâce, on l'a déjà dit, petits chefs aux complets-vestons grisâtres, donc, qui lui font tout à coup l'impression d'un écosystème carcéral à peine amélioré.

Il s'efforce de ne pas s'énerver, au moins de n'en rien laisser paraître – après tout, il sait ce qu'il doit à Raymond –, abrège la conversation – formules de politesse habituelles, sans aller, n'exagérons rien, jusqu'aux remerciements –, raccroche ; alors, un mélange de tristesse et de haine s'empare de lui.

On a beau être pacifiste, on ferait tout de même bien sauter, juge-t-il, tous ces *gendelettres* sur une belle petite bombe atomique.

2

Mais enfin, Boris n'est pas du genre à se lamenter sur son sort. Lui qu'on afflige d'une éternelle bonne humeur a trop d'autres choses à faire, à vivre, à penser.

Il quitte le bureau, rejoint l'appartement de la rue du Faubourg-Poissonnière, promet à Michelle de se préparer au plus vite pour ce soir, au lieu de quoi il s'installe à son secrétaire, tire un brouillon et couche les premières lignes d'un poème un rien vachard qu'il intitule « Je n'ai pas gagné le Prix de la Pléiade ». Il y moque la fourberie de Paulhan, les incommodantes flatulences de celui qu'il renomme *Marcel à relents*, et son besoin de vengeance à peu près satisfait – tout du moins pour le moment –, attrape sa guitare-lyre sur laquelle il aurait volontiers composé une mélodie ou deux si Michelle ne l'en avait empêché.

Mais on est déjà très en retard et il faut encore faire dîner le jeune Patrick – dit Pat, dit Petit Bison, dit Bisonneau – avant de le confier à sa grand-mère; ce n'est pas le moment de traînasser.

Boris se contente de passer un coup d'eau sur son visage, se presse, et tant pis pour son costume, il gardera celui du bureau – coton léger et anthracite aux fines rayures gris clair –, prend soin néanmoins de changer sa cravate noire pour un motif plus gai.

Michelle, elle, a sorti la petite robe bleu ciel qui s'accorde si bien à ses cheveux blonds et sa joie de vivre. Boris la contemple un instant, troublé par ce sentiment un peu niais de se trouver si heureux de partager sa vie, son mariage et son fils, avec une femme aussi merveilleuse.

Bientôt, ils descendent la rue du Faubourg-Poissonnière jusqu'aux Grands Boulevards, d'où un tramway-bus, en attendant de pouvoir enfin, un jour, se payer une bagnole, les emmène à Saint-Germain-des-Prés.

Sur la terrasse du Flore, les Vian commencent par saluer Sartre et Beauvoir, accaparés par leurs travaux respectifs.

Jean-Paul, à moins que ce ne soit son air habituel, semble d'humeur nauséeuse; peut-être cette histoire de récompense qui lui reste, lui aussi, en travers de la gorge.

Il accueille Boris et Michelle d'un mouvement de tête, sans un mot, bourre sa pipe de tabac, puis, d'un geste de la main, les invite à s'assoir.

Simone tente un sourire, propose un drink; ce n'est pas de refus, et l'occasion d'un premier Martini.

On évite, comme il se doit entre gens de bonne compagnie, d'évoquer cette pénible histoire de Prix de la Pléiade et, l'alcool aidant, Sartre se détend un peu. D'autant que d'autres amis rejoignent vite la tablée, des filles surtout, et des jolies, ce qui n'est pas pour déplaire au philosophe. Sur ses lèvres pincées, on jurerait voir le début d'une moue amusée.

De quoi l'encourager – mais enfin, il en faut peu – à se lancer dans un exposé au sujet de ses théories existentialistes, prenant comme au débotté le premier garçon de café venu afin d'illustrer son propos; idée qui n'est pas sans captiver les jeunes femmes, à commencer par Michelle, ni exaspérer Boris. Il apprécie peu que *le patron* donne ainsi son intelligence en spectacle; encore moins de ne pas être lui-même au centre de l'attention.

Il commande une nouvelle tournée de Martini et préfère se laisser distraire par l'agitation alentour.

Le soleil brille à donner des couleurs au gris de la ville. Le quartier a tout de l'atmosphère provinciale. Les copains se répandent de terrasse en terrasse, rigolards, un verre ou deux à la main, arpentent d'un pas léger les rues pavées, ornées de platanes et de tilleuls.

Tous passent saluer le Bison, ainsi qu'on l'appelle ici, et trinquer à sa santé. Boris se mêle aux conversations les plus diverses, papote, plaisante, raisonne – ou inversement –, redit les blagues mille fois racontées, débat des heures durant au sujet des positions politiques de Camus ou de la composition du Show Burn – 2/3 de vodka, 1/6 de crème cacao, 1/6 de Cointreau, précise-t-il, soucieux, comme toujours, de la rigueur des choses lorsqu'il s'agit de se distraire.

Il en a assez bouffé, de la guerre, de l'occupation et du rationnement, de la peur et de la mort, des idées noires à plus savoir qu'en faire. Il ne demande qu'à pouvoir s'amuser à nouveau, s'oublier, prendre sa revanche sur cette Histoire qu'il n'a pas choisie. Alors, il fait du bruit, beaucoup, et ne se tait jamais vraiment que devant la beauté spectaculaire de Juliette Greco ; la voilà justement qui arrive.

Les frères d'Halluin s'installent à la table voisine ; c'est l'occasion d'un nouvel apéritif.

Le Major – qui n'a que peu à voir, sinon le sobriquet, avec un militaire – vous fait l'honneur de son passage ; une tournée de plus.

D'aucuns se contenteraient de ça pour toute soirée. Mais pas Boris et Michelle. Pas plus que leurs amis.

Ils quittent maintenant le Flore pour les Deux Magots, où ils prennent soin de continuer à s'employer au même genre d'activités.

Après quoi, traversant le boulevard pour se rendre Chez Lipp, la petite bande se régale d'un bon repas pour à peine plus de 20 francs – il faut en profiter, ça ne durera pas.

Un digestif ou deux, trois peut-être, et direction le Bar Vert où le programme reste plus ou moins semblable : s'aimer, boire et danser, dans cet ordre si cher à Boris.

Dans ce maelström d'énergumènes en tous genres, il se plaît à naviguer de table en table, à faire se rencontrer jeunes zazous fauchés et vieux sages existentialistes, musiciens à succès et auteurs sans avenir. Pareil à son *pianocktail*, il concocte d'audacieux mélanges, avec une aisance et une élégance presque agaçantes.

C'est qu'il est grand et beau et d'une pâleur de mort ; charmant fantôme aux yeux bleus faussement naïfs. Sous le front haut, comme pour ajouter au mystère, un rictus malin égaye sa mine grave. L'air de n'être pas là, on ne voit pourtant que lui.

Et cependant qu'il observe Michelle s'éterniser dans une conversation avec Sartre, il s'en va partager le comptoir avec les frères d'Halluin et Claude Léon.

Il y est question de be-bop et de littérature américaine, comme souvent, du déhanché des jeunes filles enivrées. On commande à nouveau un cocktail ou deux ; et dire que tout ceci, d'ordinaire, fait office d'échauffement avant de rejoindre les caves enfumées de jazz.

Mais il est presque minuit et Vian s'égare dans les vapeurs de l'ivresse.

Il a trop bu. Trop ri. Trop parlé. Trop enragé. Trop vécu pour aujourd'hui.

Les plissements gagnent son visage, disent la fatigue, et sa peau paraît plus pâle encore que d'habitude.

Les copains insistent, déçus de ne pouvoir compter sur lui pour animer ce qu'il reste de la nuit, mais il lui faudra remettre à plus tard la fête et le jazz, les grandes marrades et les solos de trompette enfiévrés.

Il doit se reposer.

Ménager son cœur.

Son médecin ne le lui a que trop rappelé.

Allez, on rentre.

3

Vian se met au lit.

Mais a-t-il seulement l'espoir de trouver le sommeil ?

Car il ne souffre pas seulement d'être cardiaque, mais insomniaque aussi.

Chaque nuit, c'est la même histoire : il se couche, ferme les yeux, commence par gesticuler, un pied, une main, et puis se tourne, se retourne, soupire, s'exaspère, se contorsionne, continue de faire vivre mille idées dans sa tête, finit par se relever.

L'échec de son manuscrit ne l'aide pas à se calmer.

Avec le Prix de la Pléiade, ce sont les promesses de gloire et de reconnaissance qui se sont envolées, et l'espoir de pouvoir quitter son quotidien étriqué, quoique pas si mal payé, d'ingénieur à l'Office Professionnel des Industries et des Commerces du Papier et du Carton.

Rien ne presse, direz-vous, il n'a que vingt-six ans. Mais le temps lui est déjà compté. La faute à ce problème de cœur qui ne lui laissera pas la chance de vieillir comme il le faudrait. Là-dessus, son médecin se montre catégorique : il sera déjà chanceux d'atteindre les quarante ans.

Il faut que ça aille vite. Très vite. Sinon quoi ? Attendre ? Voir venir ? Espérer devenir une légende littéraire après sa mort ? Très peu pour lui, merci.

Il regagne son secrétaire, bien décidé à écrire une nouvelle, quelques vers ou les premières pages d'un futur roman, allez savoir ce que son imagination lui offrira, un article pour une revue ou l'idée d'un livret d'opéra.

Et qui nous dit qu'il ne s'attellera pas encore, après cela, à une séance de collage ou à l'élaboration d'une nouvelle toile ?

Et tout ça sans jamais éprouver le moindre sentiment d'épuisement ni de vertige.

C'est à vous dégoûter de vous lever le matin.

4

Mais toute cette frénésie ne saurait suffire à lui faire oublier l'humiliation du Prix de la Pléiade.

L'idée ne cesse de hanter son esprit.

Si bien que tout ce qu'il écrit s'avère empoisonné par cette obsession, sentiment de honte mêlé au désir de vengeance.

Après le poème vachard, il s'est attelé à la rédaction d'une nouvelle du même genre, puis, esquissant les grandes lignes d'un prochain roman, a prêté les noms de *Jeanpolent* et *Petitjean* à des personnages tout ce qu'il y a de plus salopards.

Il lui faut, c'est évident, se distraire un peu.

Voilà justement une belle matinée de juillet. Le ciel de Paris ne se départ plus de son azur, et les Vian ont rendez-vous avec Jean d'Halluin.

Ils se retrouvent près des Champs-Élysées, devant l'entrée du Marbeuf, un cinéma à la mode.

Aucun témoin n'a jamais mentionné le film que ces trois-là s'en vont voir, mais le *Citizen Kane* d'Orson Welles semble un choix pertinent.

Jean est un jeune type charmant que l'on dit talentueux et travailleur. Costume impeccable – pantalon et veste en lin écru assortis d'une chemise blanche dénuée de cravate –, teint juvénile et cigarette au bec, on le prendrait volontiers pour un étudiant de grande école. Mais gardons-nous des apparences, à tout juste vingt-trois ans, il se trouve être fondateur et directeur des Éditions du Scorpion.

Problème : les trois premiers livres qu'il y a publiés furent autant d'échecs. Et son enthousiasme formidable ne peut rivaliser avec les dettes qui sont désormais les siennes. La fermeture du Scorpion se présente d'ores et déjà comme son avenir le plus probable.

C'est d'autant plus stupide qu'il vient de lire le manuscrit de *L'Écume des jours*, en a adoré l'inventivité, la fougue, la beauté. Et s'il n'ose l'avouer à Boris, rien ne le rendrait plus heureux que de pouvoir éditer un jour un auteur de son talent.

Mais il doit penser à sauver sa petite maison. Il n'a pas

le temps, et encore moins les moyens, de financer quelque projet voué à un échec commercial.

Non, ce dont il a besoin, là, maintenant, puisque vous voulez savoir, c'est d'un best-seller.

Du bruit. Du scandale. Du soufre et son odeur, quoi.

On ne parle pas encore de *buzz*, mais l'idée est déjà là. Et puis, d'Halluin n'a rien contre la réussite et la fortune.

Dans un élan passionné, il évoque les romans d'Henry Miller et ceux de James Hadley Chase.

Il me faudrait, dit-il à Boris et Michelle, quelque chose de bien érotique, un truc à succès du genre *Pas d'orchidées pour Miss Blandish*...

Que ça fasse hurler les réacs, enrager les bourgeois. Que ça fasse trembler les ménagères et suer les censeurs. Que plus un gratte-papier n'ait autre chose à penser. Que plus un soûlard dans les bistrots n'ait autre chose à commenter.

L'idée d'un tel tapage ne paraît pas laisser Vian indifférent. On jurerait deviner, au fond de son œil, un enthousiasme certain. Après tout, lui non plus n'a rien contre la réussite et la fortune.

Aussi, de sa voix calme, posée, le voilà qui proclame : Je vais te le faire, moi, ton best-seller ! Et sûr de son coup, parie qu'il peut boucler ça en dix jours.

Michelle éclate de rire.

Jean ne peut que l'imiter.

On sait Boris loufoque et un peu porté sur l'exagération.

Ce n'est pas la première fois qu'il s'emballe ; tiens, n'avait-il pas dit à tout le monde qu'il serait le prochain lauréat du Prix de la Pléiade ? Alors, dix jours pour écrire un best-seller, franchement...

Mais son idée n'a rien d'un gag, jure-t-il. Il a même une vision assez précise de ce qu'il conviendrait de faire.

Et soudain, on ne rit plus ; on écoute.

Il suffirait, détaille-t-il d'un air docte, d'inventer de toutes pièces un auteur américain à scandale. Noir et alcoolique de préférence. Et victime de la censure de son pays, bien sûr. Admettons maintenant que ses textes – pleins de sexe et de violence –, à défaut de sortir aux États-Unis, trouvent en France un éditeur assez farfelu pour les publier. Disons, par exemple, les Éditions du Scorpion – chez qui la publication de littérature inconvenante passe pour une occupation respectable. Eh bien nous aurions là tous les ingrédients pour fabriquer notre best-seller.

Aux fins de parfaire le subterfuge et de ne négliger ni l'absurde ni l'ironie de la manœuvre, Boris, dans un sourire, propose d'endosser le rôle de traducteur.

Pas peu fière de l'esprit retors de son époux, Michelle jubile.

Quant à d'Halluin, le voilà excité comme un gosse s'apprêtant à craquer une allumette au milieu d'une forêt un jour de mistral.

À la bonne heure !

On se serre la main, s'embrasse ; on n'ira pas jusqu'à ouvrir le champagne, il n'est que 10 h 30.

Mais le pari est lancé.

5

De sa voix nasillarde et ponctuée de trémolos d'admiration, le journaliste de la RDF vient d'annoncer la reprise des essais nucléaires américains dans l'atoll de Bikini.

En guise de représailles, Vian éteint le poste de radio d'un geste rageur.

Le calme tombe sur l'appartement.

Michelle est sortie faire des courses avec Petit Bison ; ne reste plus là que Boris, avachi dans le canapé et entouré de son fatras habituel : livres en tous genres et instruments de musique plus ou moins répertoriés, collages et peintures en cours, inventions mécaniques de même nature, et, arpentant l'endroit, un chat gris et discret.

Par les fenêtres s'infiltrent les vrombissements des moteurs de voiture, les cris des passants, le chant d'un oiseau ou deux peut-être.

Puisqu'il ne saurait s'ennuyer, et encore moins perdre son temps à écouter les rumeurs de la ville, Boris se lève, pioche dans sa collection de 78 tours un bon vieux Duke Ellington, retourne à son canapé et se décide à ouvrir le journal.

On n'y est pas moins dithyrambique sur la puissance états-unienne – photos de champignons atomiques à l'appui –, mais au moins peut-on en tourner les pages en espérant tomber sur un article plus léger.

Ici, par exemple, on relate l'apparition d'un nouveau maillot de bain à la mode ; et ce serait une lecture idéale si le bout de tissu ne tirait pas son nom des événements militaires rapportés ci-avant.

Trois colonnes plus loin, c'est l'explosion d'un wagon de munitions en gare de Saint-Ustre et la mort, subséquemment, de six hommes retrouvés carbonisés sur le sort desquels on ne s'attarde pas.

Au bas de quoi, un encart publicitaire des éditions Gallimard annonce la publication prochaine de son nouveau Prix de la Pléiade, le recueil de poésies de l'abbé Grosjean.

On imagine l'humeur de Vian à la découverte de ce genre d'imbécillités.

Il s'apprête donc à refermer ce torchon avec autant de

joie que si on venait de lui annoncer la fin du monde. Toutefois, coincé entre les résultats sportifs et la météo, un entrefilet attire son attention. Trois, quatre lignes à propos de ces générations de noirs américains qui se trouvent, à la faveur de décennies de métissage, être devenus blancs de peau et de papiers. On dit d'eux, note le journaliste, qu'ils ont « franchi la ligne » ; ils sont ce qu'on appelle désormais des *nègres blancs*.

Voilà qui ferait un bon début, songe Boris, pour le best-seller qu'il a promis à d'Halluin.

Et mille idées lui viennent aussitôt : ségrégation, coucheries, violence, vengeances, il consigne tout cela dans un cahier d'écolier au papier quadrillé, découpe l'article en question, glisse celui-ci dans celui-là et se met à faire les cent pas à travers l'appartement.

Il se figure précisément l'humidité poisseuse d'une petite ville du sud des États-Unis, d'un côté sa jeunesse blanche, bourgeoise, raciste, de l'autre ses Noirs désœuvrés, humiliés, gonflés de rancœur. L'un d'eux pourrait donc se faire passer pour ce qu'il n'est pas…

Faudra qu'il en parle à Michelle.

Mais lorsque celle-ci rentre des courses, elle a bien d'autres préoccupations. À commencer par préparer le déjeuner – petits farcis provençaux accompagnés d'une salade de saison –, mettre un peu d'ordre dans l'appartement – ce qui n'a rien d'évident avec un enfant de quatre ans et un mari comme le sien –, et quand elle en aura fini avec tout ça, elle pourra enfin déballer ses achats de la matinée : jeux de plage pour le petit, slip de bain pour Boris, paire de robes d'été pour elle, de quoi être tout à fait prêts pour leurs prochaines vacances à Saint-Jean-de-Monts.

Bref, pour cette histoire de *nègre blanc*, on verra plus tard.

6

Saint-Jean-de-Monts, donc.

Il n'est pas encore question d'estacade ni de barres de béton aux noms vaguement poétiques, encore moins de grande roue surplombant la côte vendéenne.

En cette première année d'après-guerre, on se contente de plages et de dunes, de rue commerçante, d'église du XIVe siècle et de terrasses de cafés où l'on boit des anisettes à l'ombre des platanes.

On habite une jolie villa en face de l'océan.

Georges d'Halluin, contrebasse dans l'Orchestre Abadie et frère de Jean, accompagne les Vian. Avec eux, André, un copain clarinettiste de Michelle.

Dans l'air lourd de l'été flottent les notes de jazz, une insouciance revenue, et des joies si simples qu'elles feraient presque oublier à Boris qu'il n'est pas là pour s'amuser.

Il a un pari à gagner, et promis à Jean de profiter de ces quinze jours ici pour écrire son best-seller.

Il n'est pourtant pas rare de l'apercevoir faire une sieste à la plage ou jouer une partie de baby-foot au Casino des Monts – derrière l'appellation pompeuse, un bar pourvu d'un dancing et installé dans les dunes, où la troupe prend quotidiennement l'apéro. On jure même l'avoir vu sur la place du village, taper un bœuf une nuit entière avec Georges, André et d'autres musiciens du coin.

Or, Boris avance. Et bien.

Quand d'autres ont besoin d'un mois pour cela, lui tombe douze pages par jour.

Et s'il profite de ses habituelles insomnies pour écrire à ce rythme soutenu, un événement malheureux va l'aider plus encore : Petit Bison contracte la coqueluche, à moins que les oreillons ou la scarlatine ; à ce sujet, les sources divergent.

Aussi, en cette première semaine de vacances, Michelle et Boris se succèdent au chevet de l'enfant, et c'est autant de temps à ne pas aller à la pêche aux crevettes ni faire l'imbécile avec les copains.

Entre deux soins prodigués à son fils, Boris écrit.

D'aucuns se figurent l'auteur taper à la machine dans

l'atmosphère enfumée d'un bureau poussiéreux, mais Vian ne fume pas ; rapport à son cœur. Et puis, imagine-t-on le boucan des frappes de clavier dans la chambre du petit malade ? Boris rédige à la plume, sur de simples feuilles A4 à petits carreaux, comme il en a pris l'habitude.

À la lumière d'une veilleuse, lui qui ne foulera jamais le sol américain de sa vie s'inspire de cartes routières US, de romans noirs à la mode et d'articles de presse d'où il tire de sordides faits divers et politiques : lynchages de *nègres*, sabotage électoral des votes afro-américains, prostitution d'enfants noirs...

Il construit à partir de ce matériau une histoire un peu simplette mais bonne à porter toutes les outrances : Lee Anderson, métis que sa peau pâle et ses cheveux blonds font passer pour un descendant d'Européen, infiltre la jeunesse bourgeoise et protestante d'une petite ville du Sud, bien décidé à venger le meurtre de son petit frère battu à mort par des Blancs.

Boris délaisse toute forme de poésie et d'excentricité pour une langue sèche, des chapitres courts et un humour, il faut l'admettre, un peu lourd.

S'il concède à Michelle de rebaptiser *Fucktown*, ville imaginaire et décor de ses fantasmes, en *Bucktown*, il ne peut s'empêcher d'évoquer les jeunes filles « humides à dégouliner par terre ».

Et puis, soucieux de faire authentique, il truffe les premières pages de son texte d'oignons frits, de doughnuts et de bourbon, de Nash, de Chrysler et de Packard, de bobby-soxers, cite les Évangiles, moque les parfums français, prête à ses personnages des patronymes plus américains que l'Amérique elle-même : des Dexter, des Judy et des Barrow. C'est tout juste s'il n'en fait pas trop.

Il gratte comme ça plusieurs pages chaque soir, entre amusement et satisfaction de voir son projet avancer aussi vite. Et cela fait, assuré que Petit Bison dorme d'un bon sommeil, rejoint Michelle au lit.

Sans doute un peu excité par les passages les plus licencieux qu'il vient d'écrire, il ranime parfois celle-ci d'une caresse ou d'un baiser au creux du cou. Il faut faire attention de ne réveiller personne dans la maison, de contenir les râles, de chuchoter entre deux rires, bientôt, les mots tendres, car Boris trouve encore le temps d'aimer.

7

Une semaine a passé et la santé de Petit Bison ne rassure pas. La fièvre, toujours, et l'appétit mauvais, il maigrit peu à peu comme un ballon de plage se dégonfle au soleil.

Michelle s'inquiète, tergiverse, décide enfin de le ramener à Paris ; tant pis pour les vacances. Il sera mieux là-bas, à la maison, sous l'observation du médecin de famille et, s'il le faut, non loin des hôpitaux.

La petite bande se retrouve sur le quai de la gare : adieux, embrassades et dernières recommandations au milieu des vacanciers sur le départ, la peau rougie par les œuvres de l'été vendéen.

Boris longe le quai d'un pas vif, deux lourdes valises à

bout de bras, grimpe les marches du wagon, se décharge des bagages, passe une main dans la crinière de Petit Bison, jette aux lèvres de Michelle un baiser, redescend du train avec le même empressement qu'il y est monté, impatient, dirait-on, de se débarrasser de femme et enfant.

La tête penchée par la fenêtre, ses boucles blondes couvrant à peu près son regard, Michelle retient une larme comme le ferait une actrice de cinéma. Elle porte sur son visage l'air mélancolique des mères qu'on oblige à abandonner un fils, soucieuse à l'idée de laisser Boris comme ça, tout seul ou presque, lui qui sait faire tant sinon s'occuper de lui-même.

Et puisqu'André s'en va aussi, Georges répète sa promesse de veiller sur Vian, de préparer ses repas, de contrôler son temps quotidien de trompette, de lui faire prendre les pilules pour son cœur...

Dans le vacarme de la locomotive, les mains se lèvent, saluent le départ, on crie au revoir et peut-être un mouchoir est-il secoué, tant qu'on y est, dans le souffle âpre de l'été.

L'engin, enfin, peut quitter la gare, et Boris se remettre au travail.

À moins que lui et son ami, solution la plus probable, ne préfèrent boire un coup de whisky et improviser jusque tard dans la nuit sur des thèmes de Duke Ellington.

Aux airs de jazz répondent ceux de l'océan : vrombissement des vagues parfois, crépitement du ressac souvent, à quoi s'ajoute le criaillement moqueur des goélands. Le ciel demeure d'un bleu imperturbable et, sous son couvert d'or, la mer semble s'agiter pour sa seule beauté.

Le premier écrivaillon venu aurait noté la chose.

Pas Vian, qui continue de s'enfoncer dans la noirceur de l'Amérique blanche : inculture crasse, puritanisme de façade, racisme décomplexé, alcoolisme décadent. Il s'échine des heures durant à décrire les affres de ce pays aussi fascinant qu'écœurant.

Quoiqu'il ne s'interdise pas une baignade ou une sieste sur la plage. Les deux, voire, si la nuit a été productive.

Il prend soin d'éviter la vue des blockhaus – tout ce qui lui rappelle la guerre le met d'une humeur exécrable – et, histoire de ne pas se montrer totalement oisif, profite d'être ici pour observer les bandes d'adolescents. Là-bas, trois types et leurs copines flirtent et batifolent dans l'eau ; Vian trouve dans leurs corps et leurs manières une excellente source d'inspiration.

Il note la sensualité des jeunes filles à moitié nues – tout juste vêtues de ces nouveaux maillots de bain aux noms d'essais nucléaires –, l'attirance gênée des garçons, leurs gestes incertains qui contrastent avec les regards encombrés de désir, la tension sexuelle qui émane de ce spectacle somme toute assez anodin.

Mais une fois l'Atlantique transformé en un petit lac

du sud des États-Unis, et le caractère obscène de ce petit badinage tout à fait exagéré, l'ensemble composera une formidable scène de pornographie pour son roman. Rien de bien méchant pour qui lirait ça soixante-quinze ans plus tard, mais de quoi choquer son époque à coup sûr ; là-dessus, Vian ne se contraint pas, il le sait, le scandale se jouera là.

Car si tout ceci tient de la farce, il y met tout le sérieux de celui qui n'aime guère que les plaisanteries bien faites, comme cherchant le point d'équilibre parfait au seau d'acide posé au-dessus de la porte.

Aussi profite-t-il de ses derniers jours ici pour peaufiner son texte. Coupe tout ce qui éveillerait les soupçons de pastiche. Maltraite sa langue pour sonner tel un traducteur. Noircit le décor. Abuse des provocations. Dépouille. Épure.

Il garde pour la fin du roman les pires atrocités : crimes macabres et explosion d'hémoglobine. Et la nuit approchant, fait à son camarade la lecture de ses dernières horreurs.

Réunis dans le jardin de la villa autour d'une bouteille de rhum, Georges et lui ne se lassent pas de rire en imaginant la tête des critiques lorsqu'ils découvriront une telle sauvagerie.

8

Et puis, retour à Paris, rue du Faubourg-Poissonnière.

Le mois d'août se perd dans des orages sans fin.

Petit Bison va mieux. Entre deux jeux de construction, il court à travers cet appartement aux dimensions bien trop modestes pour supporter pareille météo.

Boris, cependant que Michelle corrige le manuscrit de ce qui s'appelle désormais *J'irai danser sur vos tombes*, considère le tas de disques be-bop et de romans noirs qu'il a fait sur la table, manie les pochettes et les couvertures à la recherche d'une inspiration bienvenue. Il griffonne dans son cahier :

Duke Gillespie ; trop évident.

Henry Bechet ; trop français.

Roy Armstrong ; trop commun.

Pour ce qui est des pseudonymes, pourtant, Boris sait y faire. Lui que l'on connaît déjà sous le nom de Bison Ravi, Aimé Damour ou Hugo Hachebuisson, manie le jeu de mots et l'anagramme comme personne.

Mais il ne s'agit pas de rire. Encore moins de se faire démasquer.

Pour le patronyme, après moult hésitations, il finit par jeter son dévolu sur celui du pianiste Joe Sullivan. En y cherchant bien, et ce ne peut être une coïncidence – avec lui, il n'y a pas de coïncidence –, on y retrouve les lettres de Vian ; et c'est assez subtil pour ne pas être flagrant.

Quant au prénom, le choix s'avère plus complexe. Rien ne l'inspire. Ni romanciers. Ni trompettistes. Et puis, Vernon – qu'il emprunte finalement à un ami musicien – fait montre de toutes les qualités.

Vernon.

Sullivan.

Il y a dans ces deux noms accolés l'un à l'autre, dirait-on, toute l'Amérique et ses ambiguïtés, sa poésie comme sa laideur, son héroïsme comme sa démence. Vernon Sullivan, ou la promesse d'une main qui vous claque, l'autre qui vous caresse. Comme un slogan, un leitmotiv. Mieux : une mélodie dont on ne se départ pas.

Il n'en faut pas plus pour le persuader d'avoir trouvé son alter ego.

Exalté par cette trouvaille, il rédige en guise d'introduction au roman un prière d'insérer dans lequel il résume, sans trop s'embarrasser de détails, l'histoire de ce Vernon Sullivan – sa condition de *nègre blanc* ainsi que sa rencontre avec d'Halluin –, esquisse les grandes lignes de son texte et de ses influences littéraires – depuis la tradition latine jusqu'à son contemporain James M. Cain –, vante – ce qui n'est pas sans ironie – son style et son talent, et prédit même – sans doute pour mieux les provoquer – les critiques outrées à venir.

Il se relit, satisfait comme souvent de ce qu'il vient de produire, dérange Michelle dans sa lecture pour le lui exposer.

C'est bien, juge-t-elle aussi vite, habituée à ce qu'avec Boris tout prenne forme avec facilité, vraiment très bien. Et, quoiqu'enthousiaste à cette nouvelle idée, elle s'avère plus réservée quant au titre du roman. C'est encore un peu léger, n'est-ce pas, pour faire scandale. Il faudrait voir à corser ça si l'on veut vraiment choquer le chaland. Et pourquoi pas, demande-t-elle tout en s'appliquant à empêcher Petit Bison de faire quelque bêtise dans l'appartement : *J'irai cracher sur vos tombes* ?

J'irai cracher sur vos tombes, répète bravement Boris, séduit par l'évidence, *J'irai cracher sur vos tombes*, avant de se laisser aller à un rire approbateur. Il semble qu'on tienne là quelque chose.

9

Alors, c'est vrai, on pourrait reprocher à Vian de ne pas avoir tout à fait respecté sa parole : il lui aura fallu quinze jours, et non pas dix, pour écrire son pastiche de roman noir américain.

Mais d'Halluin n'y trouve rien à redire. D'autant que ce texte, il le juge prodigieux. Si bien qu'il a un peu de mal à contenir sa joie, et aussi vite la lecture du manuscrit achevée, ouvre une bouteille de champagne achetée pour l'occasion et invite Boris à trinquer dans les bureaux du Scorpion – en fait de bureaux, une pièce sombre, exiguë, sise rue Blanche dans un immeuble sans charme, emplie de livres et de fumée, au sol couvert d'une moquette lie-de-vin, où l'on célèbre l'événement accompagné de Georges et un peu à l'étroit.

Ma foi, se félicite Jean – costume chic, comme à son habitude, bleu ciel rayé de blanc, à quoi s'accordent une cravate marine et une pochette du même genre –, puisque les gens n'aiment rien moins que les romans américains, donnons-leur ce qu'ils attendent : voilà pour eux un formidable *épate-bourgeois*.

À sa grande satisfaction, tous les ingrédients d'un succès annoncé sont réunis : titre provocateur, omniprésence de violence, de beuveries et de pornographie, dénonciation des mœurs et du racisme de l'Amérique – thème d'autant plus osé que les États-Unis, et ce malgré la ségrégation raciale, l'anticommunisme ou la pratique assumée de la censure, jouissent à cet instant précis de l'Histoire, faut-il le rappeler, de l'honneur d'avoir libéré la vieille Europe du joug nazi. Et pour ne rien gâcher, l'aura mystérieuse d'un auteur inconnu, impalpable, interdit.

Tout cela augure du coup le plus parfait.

À ce stade, il est nous est permis de questionner la bonne foi de Vian et d'Halluin quant à la véracité de leur pari. Il n'y a pas plus prompt affabulateur qu'un romancier, sinon son éditeur prêt à tout pour faire un best-seller ; quitte à manigancer, en prévision de l'imposture révélée, la conception d'une légende plus grande encore.

Mais la méthode n'a rien de si nouveau. Et, à n'en pas douter, question supercherie, ceux-là connaissent leurs classiques.

Les voilà d'ailleurs, coupes à la main et fourberie plein la bouche, songeant à l'épatante mystification de Pierre Louÿs : Bilitis, jeune poétesse grecque de l'antiquité dont il prétendît avoir traduit les poèmes érotiques, écrits parfaitement fallacieux pour lesquels il produisit, afin de berner jusqu'aux plus grands spécialistes, des extraits non-traduits et des références bibliographiques imaginaires – stratagème dont il nous faudra reparler plus tard.

Puis, c'est au tour de Mérimée, que Georges, entre deux gorgées de pétillant, évoque avec amusement : celui-là, soucieux de se faire passer pour une autrice de théâtre espagnole, alla jusqu'à se grimer en femme sur quelque photographie afin d'assurer le subterfuge.

Mais nos amis savent aussi les erreurs à éviter.

Comme ces *Lettres à sa fille* de Calimity Jane, sorties cinq ans plus tôt ; œuvre dont l'authenticité vint se fracasser contre l'analphabétisme vraisemblable de sa soi-disant autrice.

Le canular, en vérité, est un jeu sérieux.

Qu'il s'agisse de garder le secret, d'organiser la sortie du roman ou de préparer l'appétit de la presse pour le scandale à venir, Boris et Jean savent le travail immense qui les attend encore. Ils savent aussi les inévitables interrogations, les critiques et les suspicions que pourrait engendrer le succès. Le moment n'est ni à l'improvisation ni au dilettantisme.

Mais enfin, commençons tout de même par fêter ça ; on aura bien le temps de se mettre au travail plus tard.

10

Boris s'est assis sur la première chaise venue, sous le regard grave des marbres et des bronzes du Jardin du Luxembourg. Son rendez-vous n'ayant rien de trop formel, et la saison virant à l'indien, il porte pour l'occasion une chemise à carreaux aux manches relevées et laissant paraître à ses poignets une gourmette en argent ainsi qu'une montre au bracelet noir.

19 h 06. Queneau n'est pas en avance et le ciel tourne rose orangé. Un croissant de lune s'apprête à briller dans le bleu mat du crépuscule, spectacle admirable de la nature auquel Vian ne s'intéresse toujours pas, pris par ses idées encore ; on n'est pas là pour fainéanter.

C'est qu'il a reçu une bonne nouvelle, ce matin : Marcel Duhamel, le directeur de la Série Noire, à qui il a envoyé le manuscrit de *J'irai cracher sur vos tombes* pour avis, s'y est fait prendre. À la question de savoir si le texte – dont il n'approuve pas complètement la qualité, a-t-il fait remarquer – est une traduction ou un original, l'éditeur est formel : Vernon Sullivan est bel et bien américain.

Ne manque plus désormais que l'opinion de Queneau à ce sujet.

Le voilà justement, engoncé dans un costume en tweed trop chaud pour la saison, cravate au cou, sueur au front, souriant toutefois, ravi de passer un moment en compagnie de son jeune camarade.

Et comme il s'apprête à s'assoir à ses côtés, pas malheureux de reprendre un peu son souffle après s'être exténué à essayer de rattraper son retard, Boris lui propose au contraire de marcher un peu, ça ne fera pas de mal.

On se met donc en route à travers les allées du parc, décor d'automne au parterre de feuilles brunes des marronniers et des platanes, Vian avançant comme il vit, d'un pas vif, ses jambes comme deux pointes à l'assaut du monde, et Queneau donnant l'épuisante impression de devoir à chaque instant faire un effort pour suivre le rythme. À les voir ainsi se balader, ils feraient d'adorables personnages de conte pour enfants, le renard pressé et l'ours pataud.

Vian soliloque, dit l'exaltation de Jean d'Halluin, enjolive les commentaires de Marcel Duhamel, promet un scandale comme on n'en a jamais vu et un succès plus considérable encore, mais sans rien révéler de la supercherie ; il ne saurait partager son secret pour le moment, pas même avec son cher ami.

Et alors, demande-t-il finalement, qu'en as-tu pensé ?

L'autre commence par pencher le visage – qu'il a rond sans être dénué d'une certaine rigueur –, hausse les sourcils, baisse le regard, tout cela dans un seul mouvement, et puis, ma foi, répond-il en agitant sa main gauche comme pour mieux balayer sa gêne, ce n'est pas tout à fait inintéressant.

Il prend la peine de détailler les mérites qu'il trouve au texte – bien que ça ne vaille pas tant d'enthousiasme à son goût –, ponctue ses observations d'un rire aigu mais sympathique, et enfin, remarque-t-il, je dois t'avouer qu'un détail m'interpelle.

Il en a eu l'intuition dès le début de la lecture du manuscrit, devinant derrière cette histoire de vengeance, celle de Vian lui-même envers le monde littéraire. Il a tiqué sur les nombreux passages égratignant le milieu, tournant en ridicule l'écriture de ces livres à scandale dans lesquels des Noirs couchent avec des Blanches, et plus encore la naïveté de ceux qui se ruent sur ce genre de sottises. Comme si Vian avait laissé malgré lui trop d'indices pour que le subterfuge puisse échapper à son analyse.

Je ne peux m'empêcher, avance-t-il, de penser que ce

Vernon Sullivan n'existe pas. Je crois même que c'est toi, le véritable auteur de ce roman, n'est-ce pas ?

Boris se tourne vers Raymond et ses yeux brillent dans le soir pareils aux astres qui illuminent désormais la scène. S'il a pris l'habitude de cacher sa facétie derrière une certaine raideur, il ne peut s'empêcher, à cet instant, d'abriter son embarras derrière une manière de sourire, taiseux, comme profitant de ce temps pour dérouler dans son esprit les possibilités offertes à lui.

Il pince ses lèvres, hésite, et je reconnais bien là, dit-il enfin non sans ironie, ton admirable sens de l'imagination. Mais tu fais fausse route.

Queneau n'est pas dupe. Il a lui aussi le projet d'écrire sous pseudonyme – une version délurée de la révolte Irlandaise de 1916 qu'il signera Sally Mara, mais c'est une autre histoire. Alors, il insiste. En tout cas, dit-il, si c'est toi, c'est très drôle.

Je t'assure, s'obstine Vian, dont le flegme à cet instant ne pousse pas tellement à le croire sur parole, que je n'en suis pas l'auteur.

Et se rappelant soudain une activité urgente – un rendez-vous professionnel, l'écriture d'un article ou quelque dîner mondain, allez savoir –, il s'excuse de devoir quitter si vite son vieil ami, salue celui-ci d'une tape dans le dos et s'en va à grandes enjambées vers la sortie du jardin, riant à l'idée – et au bon mot – d'avoir laissé derrière lui, Raymond penaud.

11

Point de rendez-vous professionnel, d'écriture d'article ni de dîner mondain. Pas même, ce soir, de virée germanopratine ni de conversation passionnée et arrosée de cocktails généreux. Les Vian, idée farfelue de plus, ont décidé de fêter les quatre ans et demi de Petit Bison.

Boris rejoint la rue du Faubourg-Poissonnière où il trouve une délicieuse odeur de chocolat et Michelle en train d'accrocher, au-dessus du canapé, une banderole ornée de ces mots :

JOYEUX DEMIVERSAIRE

Elle porte une longue robe de soirée noire, une paire

d'escarpins assortie et le maquillage des grandes occasions. Lui se change vite pour un smoking rehaussé d'un nœud papillon.

Bientôt, sa grand-mère ramène Petit Bison à l'appartement, et Boris ayant sorti sa trompette, il entame l'air du déjà célèbre *Happy Birthday to You* – tout du moins s'emploie-t-il à interpréter une note sur deux.

Là-dessus, on apporte un gâteau demi-circulaire et couvert de décorations sucrées, de quatre bougies accompagnées d'une cinquième, coupée à sa moitié.

Petit Bison souffle les flammes avec tout le sérieux que requiert la chose. On rit, souhaite à l'enfant de joyeux quatre ans et demi, et puis, c'est l'heure du cadeau : dans un paquet de papier journal, une maquette d'avion en carton peint conçue par Boris, bolide étonnant, comme scié dans sa longueur, pourvu d'une aile unique et d'une moitié de cockpit.

On s'amuse un moment encore et, le petit endormi, la grand-mère couchée et l'appartement rangé, Michelle et Boris s'entreprennent sous l'effet du champagne consommé.

12

Quant à la nuit, ça ne s'arrange pas. Il dort toujours aussi mal, habité par les mêmes angoisses et obsessions : quitter son boulot, devenir écrivain, connaître le succès, faire la fête, taquiner la trompette, vivre, quoi, merde.

Ces préoccupations continuent d'agiter son cœur, battements lourds et profonds qui emplissent peu à peu le silence de la chambre à coucher, tambour sauvage et tempétueux rappelant le jeune homme à sa douloureuse condition ; comment diable pourrait-il trouver le sommeil au milieu d'un tel barouf ?

Et lorsque par chance ses insomnies lui laissent un peu de répit, ce sont des rêves étranges qui hantent les nuits de Vian et l'empêchent de trouver le repos. Songes extraordinaires faits de trains dans le désert, de machines à voyager dans le temps, de chats qui parlent et d'enfants qui volent ; autant d'inspirations pour ses futurs écrits, certes, mais toutes ces activités nocturnes pourraient finir par se montrer épuisantes.

Pour le reste, il continue de se rendre chaque matin à l'Office Professionnel des Industries et des Commerces du Papier et du Carton, devenu entre-temps la Section Technique de la Fédération des Syndicats Producteurs de Papiers, Cartons et Celluloses, où il s'ennuie autant qu'à l'Association Française de Normalisation, son ancien employeur – qui avait au moins pour lui la modestie de l'appellation.

Il traîne là-bas son air le plus évanescent, mais toujours aimable, insaisissable silhouette s'activant à régler des trucs et d'autres. Quoi exactement ? On ne sait pas trop ; à moins que l'on s'en fiche autant que Vian lui-même.

Qu'importe, car cette activité lui laisse assez de temps pour s'entrevoir un avenir dans la littérature, et c'est là le plus important.

D'ailleurs la sortie de *J'irai cracher sur vos tombes* est pour bientôt. Et puis *Les Temps modernes*, la revue de Sartre et Beauvoir, vient de publier en exclusivité une quarantaine de pages de *L'Écume des jours*. Quant à *Vercoquin et le plancton*, premier roman édité sous le nom de Boris Vian, son lancement est prévu pour le début de l'année 47.

Il profite donc de ses heures de bureau pour se consacrer à l'écriture d'un prochain roman ; texte riche, complexe et original, comme l'est Boris ; et touffu, de surcroît.

En septembre, il attaque.

En novembre, c'est plié.

Comme s'il lui suffisait de s'assoir à sa table de travail pour que les idées lui viennent ; bien que debout, en marche, ou s'affairant à toute autre activité, il parvienne au même genre de résultat.

Ce sera *L'Automne à Pékin* – dont l'action ne se déroule, on le sait, ni en Automne, ni à Pékin. Histoire épique et absurde qui séduit immédiatement Queneau.

Seulement, contre l'avis de celui-ci, il ne peut s'empêcher d'y glisser des références désobligeantes – vives résurgences, encore, de la déception née du Prix de la Pléiade – à l'égard de Grosjean, Paulhan et Arland. Ce n'est pas pour enthousiasmer le comité de lecture de Gallimard qui, sans surprise, refuse le manuscrit.

Vian ne fait déjà plus partie de la maison. Pas de quoi arranger ses nuits.

13

Il n'y a pas que ça.

Ce matin-là, par exemple, rendez-vous à huit heures trente, précisément.

Or, comme souvent ici, il faudra patienter dans la salle d'attente jusqu'à neuf heures, parfois plus, le temps de muser ou de piocher dans la pile de journaux prévue à cet effet, ce que Boris s'empresse de faire à la recherche du *Franc-Tireur* du jour où sont justement publiées, et accompagnées d'une critique aussi dithyrambique que suspecte, les bonnes feuilles de *J'irai cracher sur vos tombes*.

Car voilà, le 21 novembre a paru le premier roman de Vernon Sullivan ; couverture parée d'une typographie brute et carmin sur fond grisâtre, à mi-chemin entre la littérature blanche et le genre plus populaire, et ceint d'un bandeau proclamant : « Le livre que l'Amérique n'a pas osé éditer » – il s'agirait de ne pas s'empêcher de faire la retape, non plus.

D'Halluin, partout où il passe, vante un livre brutal jusqu'à la sauvagerie, et noue d'étranges connivences avec certains journalistes ; méthode qui produira peu à peu son effet.

Dans la presse réactionnaire, offusquée déjà par tant d'obscénité, les premiers articles sont à la hauteur du dégoût provoqué : appels à cracher sur le livre, pour les plus hystériques ; espoirs d'un procès comme vient d'en connaître Henry Miller, pour les moins indécents.

À gauche, la réponse n'est pas moins prévisible, on loue l'engagement antiraciste du texte, son réalisme cru, cette brutalité qui à coup sûr saura horrifier les conservateurs les plus nauséabonds.

C'est un bon début, mais pas le tollé tant espéré. En attendant mieux, une porte s'ouvre, on appelle Monsieur Vian. Il se lève, entre dans le cabinet et, comme il est de rigueur dans ces cas-là, procède avec son médecin à un échange d'amabilités ; et comment vont Michelle et le petit Patrick ? Ma foi pas trop mal. Tant mieux, tant mieux. Puis, l'homme au teint couperosé et à la blouse blanche profite d'une pause dans le babillage pour inviter Boris à se lever et ôter sa chemise, ce qu'il fait volontiers.

L'autre attrape un stéthoscope, applique le pavillon sur le torse glabre du cardiaque ; à la sensation de froid sur sa peau, ce dernier retient sa respiration, ferme les yeux, essaye de se détendre. Il ne peut s'empêcher d'espérer une bonne nouvelle.

Cœur qui bat, c'est déjà bon signe. Mais pas dénué de ce genre de symptômes aux noms peu rassurants : arythmies, hypertension ou autres extrasystoles.

Le docteur, soudain, fait une moue qu'accompagne un léger borborygme de la gorge et, tandis qu'il raccroche l'instrument à son cou, enjoint Boris à se rhabiller et à s'assoir devant son bureau.

Écoutez, dit-il, les choses, vous vous en doutez, ne vont pas en s'arrangeant.

C'est l'occasion d'une série de questions maintes fois posées : rythme de vie, sommeil, régime alimentaire, et la trompette ? À quoi Vian répond en prenant soin de mentir de son mieux.

Le toubib, dans un dernier espoir de lui faire entendre raison, et comme il griffonne une ordonnance d'une écriture pas si obscure, tente encore : si je peux vous donner ne serait-ce qu'un conseil, arrêtez immédiatement la fréquentation des bars et la pratique de l'instrument. Sans quoi, je vous le redis, vous serez mort dans dix ans.

Bien sûr, confirme Vian d'un hochement de tête tout à fait résolu, c'est entendu.

14

Il n'y a donc rien d'illogique, maintenant que l'on apprécie mieux son tempérament, à le retrouver debout sur l'une des tables du Bar Vert, cravate de gala et sueur aux tempes, animal enfiévré parmi les volutes de tabac, improvisant des airs jazzy pour la plus grande joie de tous.

Sous le chahut des copains amusés, Michelle le rejoint, remonte sa robe à mi-cuisse et entame, suivant un air arabisant pareil à ces mélodies que l'on siffle pour charmer les serpents, une danse lascive qui n'est pas pour calmer l'ambiance.

Minuit approche.

1947 aussi.

Dehors : crachin, grisaille, rigueur ; pas même le moindre flocon de neige pour vous égayer ce triste décor, tout juste les gueules des rares passants pour souffler de vaporeux petits nuages dans l'air noir orangé.

Tout ce que le quartier compte de zazous et d'existentialistes s'est réuni là pour fêter la fin d'une année dont il nous faudra bien tirer l'inévitable bilan.

Et si l'exhaustivité est un vain espoir lorsqu'il s'agit de Vian, on peut toutefois s'essayer à une manière de comptabilité.

Pour ce qui est de la musique, d'abord, l'Orchestre Abadie – où il officie comme trompette – a enchaîné les apparitions, les titres et les coupes jusqu'à remporter le Grand Prix du Tournoi des amateurs, où lui et ses camarades se sont présentés accoutrés de fausses barbes, sous le nom de *Professeur Dupiton et ses joyeuses mandolines*.

Question littérature, on l'a dit, il a signé ses deux premiers manuscrits chez Gallimard, sorti son pastiche américain et bouclé l'écriture *de L'Automne à Pékin*. Il publie aussi de façon régulière sa *Chronique du menteur* dans la revue *Les Temps Modernes*, collabore à la revue *Jazz Hot*, et continue d'envoyer articles et nouvelles à différents titres de presse.

Il s'agirait de ne pas oublier de mentionner la peinture, le dessin et les collages auxquels il s'adonne avec plaisir ; à l'initiative de Queneau – encore lui ! –, il vient de présenter ses toiles – visions surréalistes de robots et de décors futuristes – aux côtés de celles d'Apollinaire, Aragon, Musset et autres auteurs lors de l'exposition *Si vous savez écrire, vous savez dessiner...*

Pas si mal pour un mourant.

Mourant qui s'accorde une petite pause, range son instrument et rejoint le comptoir pour partager un cocktail avec Sartre et Beauvoir, tout juste arrivés pour saluer la bande.

Le Castor arbore une jupe à carreaux, un manteau blanc à col tailleur ainsi qu'un long sourire dû à ses premiers verres de scotch. Le Patron, lui, large manteau sombre et costume gris à rayures, ne s'est toujours pas séparé de sa pipe ni de ses petites montures rondes qu'on lui connaît; il a la mine enjouée des bons jours. Le couple rappelle ces parents ravis de recouvrer leurs enfants après une longue séparation, fiers de les trouver grandis comme il le faut.

Accompagnés de Michelle et du Major, de Claude Léon, des frères d'Halluin et d'autres encore, ils portent un toast à cette belle année 1946, première depuis si longtemps à ne s'être pas vautrée dans la guerre.

Bien que les combats en Indochine aient débuté il y a une dizaine de jours, tous croient encore en la paix, aux joies revenues et à la fin prochaine des rationnements. Ils imaginent que les événements de Jérusalem demeureront sans lendemain, qu'un changement de système politique est pour bientôt.

Et dans cet élan, un peu ivre d'optimisme et d'insouciance, on prédit même aux romans de Vian un joli succès.

Ce Jean-Sol Partre, s'amuse Sartre, taquin, je ne sais pas qui vous l'a inspiré, mon cher Boris, mais c'est un sacré personnage... il vous portera bonheur !

Ils se promettent encore tout un tas de bonnes choses pour 47, et puis soudain, ils s'agitent.

Dix...

Neuf...

Huit...

Les voix décomptent, enjouées, désordonnées.

Sept...

Six...

Cinq...

Plus nombreuses et plus fortes.

Quatre...

Trois...

Excitation fébrile.

Deux...

Un...

Clameur et coupes de champagne, bonne année, meilleurs vœux, embrassades et baisers volés, après quoi tout ce petit monde fonce dans l'une de ces caves de jazz à la mode où Boris s'empresse de faire sonner, sous les voûtes de Saint-Germain, les mélodies endiablées de la Nouvelle-Orléans.

Qu'il profite.

15

Car si tout s'est passé jusqu'ici dans un calme relatif – *J'irai cracher sur vos tombes* n'ayant rien du triomphe tant attendu –, la situation évolue.

Réunis au bureau du Scorpion, et tout à fait excités par ce mouvement soudain qui les pousse vers un possible succès, Vian et d'Halluin épluchent les journaux de la semaine.

Ceux-ci, avec le juste sens de la mesure qu'on leur connaît, s'emballent chaque jour davantage au sujet du roman de Sullivan : piteuse littérature érotico-sadique pour la majorité des plumitifs ; récit puissant ou proche du chef-d'œuvre selon une minorité d'esprits subversifs.

Certes, ces excès assurent une bonne publicité, mais le vif intérêt pour le livre trouve son origine ailleurs : la rumeur a commencé de se propager dans la presse, notamment relayée par Maurice Nadaud, alors critique à *Combat*, et peu sensible à la qualité du texte. À l'évidence, et suivant l'intuition de Queneau, les journalistes se posent des questions sur l'existence de Sullivan, bientôt qualifié – au détour d'un calembour particulièrement daté – d'« alter-negro » de Vian. Ils soupçonnent ce dernier d'avoir largement confondu les rôles d'auteur et de traducteur et, s'ils n'osent pas tous l'écrire franchement, ne cessent, telle une implacable démonstration, de renvoyer les lecteurs à sa *Chronique du menteur*.

Boris, bien entendu, ne fait rien pour aider. Je ne peux pas plus prouver l'existence de Sullivan, se plaît-il à répondre avec fourberie lorsqu'on l'interroge à ce propos, que vous pouvez prouver qu'il n'existe pas. Que pourrais-je vous dire ? Je suis *le menteur*, n'est-ce pas !

Dans une lettre adressée à un critique, il s'amuse même à échafauder un ragot fantaisiste prêtant à François Mauriac la paternité du coup éditorial.

D'Halluin, lui, se défend de toute manipulation ; le véritable auteur, assure-t-il, reste tapi à New-York pour éviter les ennuis avec la justice de son pays.

Pas de quoi convaincre les sceptiques. Ni calmer la meute. Au contraire, elle redouble d'acharnement à propos du texte : dégueulasse affabulation doublée d'un cynisme ignoble, truc obscène et bassement pornographique, machin lubrique, scandaleux, pervers, brutal, vicieux, et encore les mots semblent-ils manquer.

Plus les articles s'en prennent à leur livre, plus Vian et d'Halluin paraissent se satisfaire de cette situation qui devrait bien finir par faire d'eux, en tout cas l'espèrent-ils, de jeunes gens riches.

Et puis, Jean – costume de velours côtelé brun et chemise crème, augmenté d'une cravate et d'une pochette bleu nuit – a bien d'autres projets, encore, afin de pousser les ventes.

À commencer par un nouvel habillage pour les réimpressions à venir. Il vient justement d'en recevoir une maquette. La couverture dessinée par Jean Cluseau-Lanauve néglige désormais toute prétention littéraire pour épouser pleinement les codes des romans à succès du moment, associant de grosses typographies accidentées et malgracieuses à un code couleur – rouge, noir, blanc – déjà éprouvé par ses concurrents du Fleuve Noir et des Éditions de la Tarente.

Il y a aussi ces illustrations plus ou moins suggestives de Jean Boullet, qui serviront à la sortie d'une prochaine version de luxe. Boris y jette un œil goguenard, reconnaissant le goût de son éditeur pour la provocation.

On en est donc là lorsque, fait assez rare pour être mentionné, on frappe à la porte du bureau. D'Halluin n'attend personne, stoppe sa petite présentation pour aller ouvrir.

Un homme sans âge se tient sur le seuil, moustache brune et chapeau mou, l'air bonhomme des paysans d'antan. Son sourire est sympathique, quoiqu'un peu gâté par le tabac, ses manières simples, et, d'une voix doucereuse, il demande s'il ne serait pas possible, car on n'en trouve plus en librairie, de se procurer deux exemplaires de *J'irai cracher sur vos tombes*.

Mais bien sûr, s'exclame Jean, trop content qu'on vienne lui réclamer l'ouvrage jusqu'ici. Aussi le laisse-t-il entrer et l'invite, tandis qu'il fouille dans un carton à la recherche d'un Sullivan ou deux, à s'assoir.

Le type refuse poliment, ne daigne pas même quitter imper et couvre-chef, comme si, inquiet à l'idée de déranger, il se préparait à partir au plus vite.

Or, on papote un moment de façon fort convenable, évoquant le scandale en cours – quoi d'autre ? – et puis, ne s'étant pas encore présenté à Vian et d'Halluin, Messieurs, finit-il par annoncer, il faut d'ailleurs que je vous apprenne une chose : je suis inspecteur de la Sûreté. Et cela fait, il les informe de la plainte déposée contre eux par le Cartel d'Action Sociale et Morale pour outrage aux bonnes mœurs et incitation à des actes de débauche et de sadisme.

16

Parlons-en, du Cartel d'Action Sociale et Morale. En ce début février, son secrétaire général, Daniel Parker, a invité la presse à se rendre à la Maison de la famille, place St-Georges – à deux pas des bureaux du Scorpion –, pour l'entendre aboyer sa conception des bonnes mœurs.

L'homme, père de famille, ingénieur et protestant rigoriste, se présente à la tribune paré de toutes les vertus et d'un manteau un peu trop cintré, les cheveux blonds en brosse et le visage long comme une journée sans censure.

Les journalistes présents, sinon trois ou quatre représentants de tirages réactionnaires, aiment à se moquer de ce puritain bon teint, obsédé d'ordre moral, qu'on imagine volontiers s'étranglant face à une toile du Caravage ou fermant les yeux à la lecture de certains passages de la Bible. Tous savent les valeurs de celui qui, en 40, s'est abstenu de prendre le maquis pour faire valoir ses idées auprès du Maréchal.

Sans surprise, Parker commence par rappeler la victoire récente du Cartel contre les maisons closes ; la loi Marthe Richard de 1946 ayant débarrassé la voie publique de la prostitution, il serait temps, juge-t-il, d'en faire autant avec l'abjecte littérature américaine.

Son rêve : pouvoir réglementer l'entièreté des publications de presse et des sorties littéraires. Il envisage à cet effet la création de commissions consacrées au contrôle de ces innombrables œuvres sexuelles dépourvues de valeur artistique. Ce n'est pas qu'il en ait après la liberté d'expression – Seigneur, non ! –, mais que voulez-vous, si les auteurs se montrent eux-mêmes incapables de se maîtriser...

Allons-nous, demande-t-il à l'auditoire sans en attendre de réponse, laisser envahir la librairie française par les ordures rejetées par les autres pays ? La librairie française est-elle un dépotoir ?

Pas peu fier de sa rhétorique, il passe, comme on aiguise une lame, une main confiante dans sa chevelure, et annonce de nouveaux succès à l'actif du Cartel : *Printemps Noir* d'Henry Miller vient officiellement d'être retiré de la vente ; quant à son *Tropique du Cancer*, l'interdiction de réédition a tout juste été prononcée ; pour ce qui est de Vernon Sullivan, en attendant mieux – la suspension et la saisie de l'ouvrage, peut-être –, une enquête est en cours.

Une précision encore, ajoute-t-il : les éditeurs ne seront désormais plus les seuls à être attaqués en justice. Outre Gallimard, Denoël et Les Éditions du Scorpion, les traducteurs, mais aussi les libraires, coupables à ses yeux de participer mêmement au pourrissement de la culture française, devront répondre de leurs actes.

Manquerait plus que de poursuivre les lecteurs, souffle un gratte-papier, ça nous ferait de bien beaux procès, tiens...

Parker fait semblant de n'avoir rien entendu, remercie l'assistance pour son attention, quitte l'estrade, et l'on s'étonne qu'il le fasse sans un claquement de talon.

17

Le lendemain, d'Halluin se fait un devoir, et un certain plaisir, de lui répondre. Après avoir satisfait à la convocation de la brigade mondaine accompagné de Boris, il réunit la presse à son tour.

Au Scorpion, face aux journalistes entassés, il se présente dans un très chic costume en laine anthracite à motif Prince de Galles, chemise charbon et dépourvu de cravate – sobriété de l'habit qui sied à la discrétion naturelle de l'éditeur.

Une discrétion telle que peu sont ceux à savoir les sinuosités de son parcours, et moins encore les errances étonnantes de ses débuts dans la presse comme chroniqueur sous pseudonyme – les prémices d'une manie – au sein du magazine *Véronique, hebdomadaire de la femme d'aujourd'hui*.

Le nom même de sa maison d'édition reste pour la plupart une énigme. Si la rumeur prétend qu'il aurait été inspiré par le signe astrologique de sa femme, Colette, celle-ci présente pourtant le double défaut d'être Gémeaux, ainsi que de ne pas avoir connu Jean avant qu'il ait fondé le Scorpion.

Mais tous ces mystères ne sauraient faire oublier son remarquable sens de la mise en scène. C'est qu'il a pris l'habitude, ces dernières semaines, d'assurer la défense de son auteur fantôme. Il en a même affiné le procédé.

Il s'agit d'abord d'accabler Chase, Faulkner ou Caldwell, tous ces écrivains plus terribles encore, n'est-ce pas, que ne le sera jamais Sullivan. D'ailleurs, s'il en fallait une preuve, fait-il remarquer, notez que contrairement aux livres de Miller, aucun critique n'a réclamé l'interdiction de *J'irai cracher sur vos tombes*.

À ses paroles, il ajoute trémolos dans la voix, gestes de tribun et autres attitudes théâtrales qui ne sont pas pour déplaire à son public du jour.

Jean manifeste une certaine joie dans l'exercice. Il hâble, joue, exagère, prétend avec une ardeur démesurée avoir voulu participer à la dénonciation du racisme aux USA et, niant maintenant la mauvaise influence du livre sur la jeunesse, s'interrompt un instant, laisse traîner un silence, avant d'inviter le Docteur Lima à s'exprimer sur le sujet.

Le psychiatre ne passe pas pour un inconnu. En effet, il doit la plus grande partie de sa propre renommée à celle de sa mère : l'illustre Mistinguett ; touche de glamour dans le spectacle de d'Halluin.

Celui-là confirme les dires de l'éditeur, use de quelque formule jargonneuse – manière de justifier sa présence et ses honoraires –, et insiste sur les qualités morales de l'œuvre auprès des adolescents.

C'est l'évidence, affirme le praticien, puisque le héros, aussi dépravé soit-il, finit bel et bien flingué, puis pendu tel un vulgaire criminel. Que voulez-vous de plus ?

Malgré ses excès, force est de constater que le numéro est réussi. Et cela vaut toujours mieux que les éructations fascisantes de la veille. Les journalistes, pour la plupart, repartent convaincus et prêts à défendre la littérature face aux attaques du Cartel.

Comprenons donc qu'après pareil succès, Jean et Boris ne s'offusquent pas à l'idée d'aller fêter ça du côté de Saint-Germain ; jazz, alcools et folies en tout genre, on devine la suite.

18

Mais il n'y a pas que le jazz dans la vie. Et si Vian goûte peu aux airs à la mode, à la variété, et moins encore à ce qu'il sera le premier à appeler des tubes – ces chansons aux paroles creuses comme des cylindres –, il n'a rien contre la musique classique, au contraire.

Aussi choisit-il ce soir les *Miroirs* de Ravel pour l'accompagner dans son travail, songeant à ce que la vie du compositeur ferait un formidable petit roman biographique pour qui s'y consacrerait un jour – c'est une idée, oui.

Paris s'assoupit dans un bruissement léger, Petit Bison s'est endormi et les pièces pour piano drapent délicatement cette pénible soirée d'hiver.

Michelle, après une dispute, et non sans avoir d'abord pris le temps de se coiffer, maquiller, parfumer, est sortie, négligeant de préciser qui elle s'en allait rejoindre : André, le copain clarinettiste avec qui elle entretient une liaison depuis Saint-Jean-de-Monts ; ou bien Sartre, dont elle s'est rapprochée ces derniers mois ; à moins qu'il ne s'agisse de Merleau-Ponty, son nouvel ami, affirmant ainsi sa préférence pour les philosophes.

Remarquez, Boris ne s'accommode pas trop mal de la situation ; il n'est pas à plaindre non plus, particulièrement depuis qu'il fait la une des journaux. Ses virées nocturnes sont l'occasion de croiser nombre de ces jeunes femmes libres comme peuvent l'être les existentialistes, belles comédiennes et ravissantes étudiantes, naturellement habiles ou faussement ingénues, séduites par son charme étrange. Elles lui trouvent le visage extraordinaire d'un ange, les yeux bleus d'un prince, la pâleur d'un poète, et se disputent avec gaieté un peu de son attention ou un bout de son sourire.

D'ailleurs, il aurait volontiers écumé les bars s'il n'avait à sacrifier sa nuit pour un boulot peu ordinaire. Suivant le stratagème de Pierre Louÿs, il s'est lancé dans la production du texte original de Vernon Sullivan : *I Shall Spit on Your Graves.*

Paré d'un dictionnaire anglais et de romans américains à la mode, il cherche les formulations, mots d'argot et expressions les plus aptes à faire passer le manuscrit pour un truc venu de là-bas. Il s'échine depuis des jours afin de pouvoir le présenter au plus vite à la presse, moyen le plus sûr de faire taire, au moins pour un temps, ses détracteurs.

Et si la manœuvre devait ne pas suffire, voilà qu'il annote aussi d'anciens carnets, y glisse de faux problèmes de traduction et griffonne ici et là « Voir avec Sullivan » ; autant de preuves de son travail de traducteur – ou de sa folie – en prévision d'un éventuel procès.

C'est que sa petite blague éditoriale – soudain bien moins tordante – pourrait lui coûter jusqu'à deux ans de prison et 300 000 francs d'amende. Pas question, donc, d'avouer la supercherie. Seuls Jean, Georges et Michelle sont dans le secret. Pour le reste du monde, *J'irai cracher sur vos tombes* devra demeurer l'œuvre de Sullivan.

À cette fin, faire venir l'auteur new-yorkais à Paris passe encore pour la meilleure solution. Bien sûr, son inexistence reste un frein sérieux à l'accomplissement de ce plan, mais n'empêche pas Vian d'y songer sérieusement. Le rôle, s'avise-t-il, pourrait être tenu par un américain lambda, assez métis et mystérieux pour jouer un tour de plus aux journalistes. Pour des raisons de faisabilité, cependant, et d'incertitude légale, avant tout, il s'oblige à y renoncer.

D'autant plus qu'il est bientôt quatre heures et ces problèmes commencent à le fatiguer – oui, c'est étonnant, mais Boris fatigue. Il lui faut donc, même si Michelle n'est pas rentrée, aller se coucher.

19

Vernon Sullivan, lui, se porte bien. Si bien que ses ventes décollent enfin. Il peut remercier Daniel Parker et ses attaques répétées, prodigieuse campagne de communication grâce à laquelle plusieurs milliers d'exemplaires ont déjà trouvé preneurs.

C'est mieux, beaucoup mieux même, que les deux ou trois cents écoulés de *Vercoquin et le Plancton*, tout juste sorti dans l'indifférence.

Samedi-Soir sera le seul titre de presse à chroniquer le premier roman signé Boris Vian, moins pour y parler littérature que pour revenir, une fois encore, sur l'affaire *J'irai cracher sur vos tombes*, décomposant chaque scène, analysant chaque ligne, décortiquant chaque mot à la recherche de similitudes entre le style de l'auteur américain et celui de son traducteur parisien – et réciproquement –, marquant ainsi le début d'une triste habitude : ignorer le talent de Boris au profit du tapage qui l'entoure.

En ce mois de février 47, d'Halluin a toutes les raisons de penser qu'une semaine de vacances tous frais payés à Megève rendrait à son ami le plus remarquable des services ; manière de le féliciter pour la réussite commerciale du canular, mais aussi de le pousser un peu au repos loin de Paris – ce qu'il n'a plus fait depuis son séjour à St-Jean-de-Monts – et de cette folie générale.

Aussitôt, le soleil perce le couvert morne des nuages. Leurs valises déposées à l'hôtel, les Vian partent découvrir le petit village aux rues pavées et aux toits blanchis par la neige. Le clocher de l'église Saint-Jean-Baptiste domine ce décor cotonneux que traverse un torrent. L'air des Alpes pare leurs joues d'un rose vif pareil au teint des montagnards ; Boris lui-même semble moins blême.

Ils empruntent le chemin du calvaire ponctué de fresques et de chapelles, d'oratoires et de statues sacrées, arrivent au pied du Mont d'Arbois où poussent au milieu des sapins, et pour la plus grande joie des touristes, d'immenses téléphériques. D'ici, la vue sur la vallée se perd dans les lueurs du crépuscule.

Moment idéal pour redescendre boire un verre de vin

chaud au village, trinquer à la santé de Jean d'Halluin et profiter de l'apéro pour faire le programme de la semaine : balade en calèche, promenade en raquettes, tours de patinoire et autres joyeusetés locales.

Après quoi, ils dînent d'une fondue savoyarde arrosée d'une bouteille de Chignin-Bergeron puis d'une chartreuse ou deux ; qu'ils paraissent loin, alors, ces jours de fringale où l'on en est réduit à un œuf dur et un bouillon de Viandox.

En toute logique, ils filent ensuite vers le Jazz Club des Cinq Rues, l'un des trois bars du genre que compte la station.

Si ce n'était son sol en ardoise de Maurienne, sa grande cheminée en granit de Combloux et son bar en dosses d'épicéa écorcées, le lieu aurait presque des airs de Saint-Germain : be-bop enflammé, lumières tamisées et soûlerie générale jusqu'au petit matin ; rien que les Vian n'aient déjà expérimenté.

L'endroit grouille de jeunes gens chics et agités auxquels Michelle se mêle pour danser.

Boris, lui, a repris cet air livide qu'on lui connaît. Il respire mal et un léger vertige le fait vaciller ; l'altitude, juge-t-il. Il s'accroche au comptoir, se jure de ne pas toucher une trompette de la semaine – promesse qui ne tiendra pas plus de deux jours – et, malgré son état, commande un nouveau cocktail.

Minuit est passé et une main se pose sur son bras. Il se

retourne, découvre le visage adorable d'une jeune femme, recouvre aussi vite la santé. Elle sourit et demande, à travers le vacarme de l'endroit, un briquet, peut-être, ou des allumettes.

Vian doit s'excuser de ne pouvoir l'aider. Et bien qu'il juge l'information inintéressante – ce doit être, déjà, les premiers effets du désir –, précise ne pas fumer.

Moi non plus… enfin, normalement, s'esclaffe la jeune femme de manière charmante, considérant avec ironie la cigarette dans sa propre main.

Elle se présente, descend d'une traite son verre de Martini, explique enfin être venue là pour fêter sa victoire du jour aux championnats de slalom ; ce soir, se réjouit-elle, au diable les interdits.

Tout y est, songe Boris comme il l'observe : la silhouette, le rire, le visage. Et si son médecin lui a proscrit la pratique du ski, à propos des skieuses, il n'a rien dit.

20

La neige, fameuse.

Le soleil, épatant.

Quant aux balades, tout à fait dépaysantes.

Pourtant, comme souvent, Boris s'ennuie.

Il pourrait prendre le temps d'admirer la splendeur des montagnes, leur majesté, ou songer combien, plutôt, il préfère à cette immuabilité les variations incessantes de l'océan, le long mouvement des vagues qui offre chaque jour, chaque instant, un tableau nouveau à apprécier.

Mais non.

Toujours pas.

Il improvise dans la chambre d'hôtel un petit coin pour

travailler, ressort son cahier au papier quadrillé, son stylo, et s'attelle cette fois, motivé par les chiffres de vente de Vernon Sullivan, à la rédaction d'un second roman de l'auteur américain.

Désormais, il ne consacrera plus son temps à Megève qu'à l'écriture, aux jazz clubs et à son aventure avec la belle championne de slalom.

On ne sait si Michelle, de son côté, se prête à de telles activités ; toutefois, on imagine mal la jeune femme rester seule à se morfondre, des heures durant, devant le soporeux spectacle d'un feu de cheminée – gageons que la compagnie d'un moniteur de ski capable de citer Kierkegaard fasse l'affaire pour le séjour.

Inspiré par les chemins hasardeux qu'emprunte son couple, Vian profite de ce nouveau texte pour évoquer les affres de l'infidélité et des doubles vies.

Son héros – qu'il nomme, non sans une délicieuse provocation, Dan Parker – exerce comme videur dans un bar de New-York. Ce *nègre blanc* aux mœurs débridées est parvenu à faire oublier ses origines jusqu'à se fondre absolument dans la société blanche. Mais l'apparition dans son existence d'un frère noir prêt à révéler ses racines poussera Parker à la folie meurtrière.

Histoire de racisme et de vengeance, encore. On retrouve là toute la matière qui fait le scandale de *J'irai cracher sur vos tombes* : même âpreté, même rage, même envie de choquer. Quoique la violence se montre ici plus diffuse, les scènes de sexe moins crues, ou bien le genre littéraire perd-il en scandale à mesure qu'on se familiarise avec lui.

Il y passe donc une partie de ses journées et de ses nuits, s'emploie à produire une quinzaine de pages par jour. Résultat : est-ce l'air de la montagne, le vin blanc de Savoie ou son amourette du moment – ou simplement Vian est-il comme ça, il faudra bien s'y faire –, toujours est-il qu'à son retour à Paris, il a déjà bouclé plus de la moitié de ce prochain roman.

21

Paris, que de lourds nuages métalliques couvrent peu à peu ; l'orage approche, râle à travers les rues tristes.

Boris abandonne le semblant de travail en cours, s'avance vers la fenêtre du bureau et observe les passants courir sous les premières gouttes à la recherche d'un abri, sous le porche d'un immeuble ou dans le bistrot le plus proche. Les pigeons, eux, remarque-t-il, ont disparu sans qu'on sache trop où.

Un éclair et c'est la nuit ; plus une lumière ne brille dans le quartier. Le cri furieux du tonnerre et le ciel s'apprête à se fendre en deux. La grêle, tout à coup, frappe contre les vitres et les trottoirs, les devantures, les toits, les bagnoles.

Ses collègues de la Section Technique de la Fédération des Syndicats Producteurs de Papiers, Cartons et Celluloses gagnent les fenêtres à leur tour, s'étonnent, pestent, palabrent. Il n'y a rien d'autre à faire, dans l'obscurité des lieux, qu'attendre ; on ne croule pas sous le boulot non plus.

Pour ce qui est de Vian, pourtant, ce mois de mars 1947 s'annonce bien occupé.

Il lui faudra d'abord finir *Les morts ont tous la même peau*, ce nouveau pastiche de roman noir commencé à Megève – c'est l'histoire de quelques jours.

Avancer sur la fabrication de la version originale de *J'irai cracher sur vos tombes* – la tâche, malgré l'aide de Michelle et d'un collaborateur américain des *Temps Modernes*, se révèle plus pénible que prévu.

Viendra la célébration de ses vingt-sept ans : une semaine partagée entre repas de famille, petite sauterie entre amis et concert avec ses camarades de l'Orchestre Abadie – ce qui demandera un minimum d'organisation.

Puis, ce sera la sortie de *L'Écume des jours*, dénué du Prix de la Pléiade et de ses 100 000 francs de dotation, mais aussi et surtout de son tirage conséquent ainsi que de la publicité qui va avec – promesse pour l'ouvrage, contrairement aux intuitions de Sartre, d'un inéluctable insuccès.

Il faudrait envisager enfin, et sérieusement, de quitter cet emploi, de dédier son temps tout entier à la littérature et au jazz, à l'amour aussi, à toutes ces joies que l'existence a eu l'amabilité de mettre sur son chemin.

Il le faudrait.

Mais la presse, déjà, se lasse du scandale Sullivan. Et l'œuvre signée Vian s'avère vouée à l'échec. Rien ne semble en mesure, pour lors, de permettre à Boris de vivre de ses fantaisies, sinon peut-être l'improbable survenue d'un coup du sort.

22

Voilà justement que se présente à nous Edmond Rougé. Il marche d'un pas claudiquant dans les ruelles du quartier Montparnasse, avec sur le visage cet air quelconque des gens qu'on ne remarque pas.

De la nuit vient d'émerger un bout de lune, et le journal roulé dans la poche de sa veste indique la date du 28 mars 1947 ; à la une : entrée de Pagnol à l'Académie Française, prochain combat de Cerdan aux États-Unis, premières représentations du *Khamma* de Debussy à l'Opéra-Comique, dont le journaliste loue le décor et les costumes exécutés à merveille, mais ne nous égarons pas.

À son bras se tient la belle Marie-Anne Masson, qu'on ne peut s'empêcher de remarquer, elle.

Ils échangent d'aimables banalités à propos du cinéma en général et de la projection dont ils sortent en particulier.

Lui a quarante-quatre ans, passe pour un représentant de commerce sérieux, allume une cigarette. Elle en a vingt-neuf, vient de fuir un mariage raté, considère d'un œil gai les vitrines des boutiques. C'est un couple comme il en traîne tant sur ces trottoirs.

Deux flics croisent leur chemin, ne constatent chez eux rien de particulier pas plus que de préoccupant. Un couple sans histoire, assurément. Sinon que les amants s'en vont rejoindre, rue du Départ, un petit hôtel voisin de la gare et sans charme où ils ont leurs habitudes le week-end.

La chambre y est pour le moins ordinaire, elle aussi, équipée d'un lit, d'une armoire, d'une cheminée et d'un secrétaire ; pour les waters, il faut voir du côté du palier. Une paire de rideaux céladon et malpropre empêche d'être observé depuis l'extérieur.

Marie-Anne se déshabille, vite, éparpille ses affaires à même le sol, s'enfouit sous les draps chauds et usés. Edmond prend le temps, fumant encore, de pendre au dossier d'une chaise sa veste, sa chemise, son pantalon. Pour le reste, il se contente de déposer en un tas désordonné tricot de corps, slip et chaussettes.

Tout porte à croire, depuis leurs grimaces jusqu'à leur peu d'entrain, qu'ils n'ont pas envie de faire l'amour. Heureusement, ce ne sera pas si long.

La pendule de la chambre indique maintenant une heure du matin, les lumières sont éteintes et Marie-Anne s'endort dans les bras de son amant. Prenant soin de ne pas la réveiller, Rougé se lève, allume une cigarette, scrute par la fenêtre le grouillement épars des fêtards.

Le quartier de Montparnasse n'est pas encore celui de la tour du même nom. La gare, elle – bien que mondialement célèbre depuis que le Granville-Paris du 22 octobre 1895, après avoir éventré la façade du bâtiment, a fini sa course sur le pavé de la place de Rennes –, n'a rien de comparable à ce qu'elle deviendra plus tard. Mais Rougé se fout de ce genre d'anecdotes.

Il s'approche de sa maîtresse, l'embrasse sur le front et chuchote à son oreille un mot d'amour. Lentement, comme une caresse, il entoure son cou de ses longs doigts. La jeune femme frissonne, ouvre les yeux. Il serre de toutes ses forces.

Elle se débat à peine, ne laisse échapper que d'imperceptibles grognements ; aux fonctionnaires de police, les voisins de chambre et le personnel de l'hôtel diront n'avoir entendu ni cri ni plainte.

Le plus dur étant fait, il lui clôt les paupières, positionne en croix ses mains sur sa poitrine dans une posture de quiétude un rien trop solennelle. Puis il attrape son journal, un stylo, et couche ses aveux en marge d'une publicité pour les nouveaux vélomoteurs de chez Peugeot.

Il ne supportait plus, écrit-il, l'idée d'être trompé, et moins encore celle d'être bientôt quitté. Ses sentiments pour Marie-Anne, cependant, ne sauraient être entachés par ce crime. Pour preuve de son amour, dans une conclusion gonflée de pathos, il promet de rejoindre l'âme de celle-ci au plus tôt.

Il parcourt ces quelques phrases en larmes et sans doute, entre deux lamentations, songe-t-il à l'imbécillité de ce qu'il vient de commettre.

Un coup de klaxon au loin le sort de ses pensées. Il se rhabille, considère une dernière fois la chambre, calme, sinistre, comme s'il vérifiait n'avoir rien oublié là, une affaire ou un mot d'adieu à Marie-Anne.

Avant de quitter le décor, il tire de sa poche un roman qu'il prend soin de déposer en évidence sur le secrétaire, ouvert à la page d'une scène de crime particulièrement atroce et comparable à la sienne. Ce livre, bien sûr, s'intitule *J'irai cracher sur vos tombes*.

23

Formidable, s'écrie d'Halluin au téléphone, et réalisant la maladresse de sa formulation – après tout, il n'a pas l'habitude de se réjouir de la mort de ses semblables –, s'empresse d'ajouter un mot à la mémoire de la jeune femme ; mais il faut bien admettre qu'une telle publicité est inespérée. Les libraires, expose-t-il à Vian avec empressement, appellent déjà le Scorpion de toute la France et même de Belgique et de Suisse – il n'y a bien que les Américains pour ne pas se passionner pour l'affaire. Il a fait lancer pour l'occasion une réimpression de plusieurs milliers d'exemplaires.

À l'autre bout du fil, gribouillant d'une main nerveuse

sur une feuille de brouillon, Boris bougonne, s'exaspère, tente de faire comprendre à son éditeur qu'il désapprouve ce morbide engouement. D'autant qu'il s'inquiète désormais, feuilletant le tas de journaux amassés depuis ces derniers jours, de devenir la prochaine victime de ce crime.

La presse de l'époque, on l'aura compris, n'a rien à envier à celle, hystérique et sensationnaliste, qui lui succédera des décennies plus tard. *Libération*, *Nice Matin*, *France Libre*, *Le Pays*, *Franc-Tireur*, *Le Matin*, *Combat* ou *France-Soir*, tous ont fait leur une sur le fait divers du quartier Montparnasse et sur le rôle de Vian dans cette histoire.

Bien qu'il continue de nier être l'auteur de *J'irai cracher sur vos tombes*, il devient la cible privilégiée des commentateurs et des éditorialistes.

Lorsque ceux-ci évoquent la bassesse morale de Rougé, sa faiblesse d'esprit, c'est pour mieux pointer du doigt la perversité de l'écrivain, sinistre manipulateur abusant de ses pouvoirs de suggestion pour « bouleverser le cerveau » de ses lecteurs.

Tout est bon pour relativiser la responsabilité du criminel, pauvre hère « hanté par ses lectures », « assassin de son amie pour avoir trop lu ». Comme si la passion meurtrière, si particulière à l'homme, avait attendu l'apparition de l'imprimerie pour s'exprimer enfin et se déverser sur le monde.

« Ma main s'est refermée sur sa gorge sans que je puisse m'en empêcher », titre ainsi *Libération*, citant un extrait du livre. À quoi l'auteur de l'article ajoute : « Ayant lu ces mots Edmond a étranglé Marie-Anne », laissant peu de doute quant aux torts du romancier et de la littérature dans l'affaire – avec un tel niveau d'investigation, nul besoin de procès.

France Dimanche, adepte des attaques les plus violentes, qualifie carrément Vian « d'assassin (par procuration) », comme on s'en prendra plus tard à Salinger, à tous ces lâches criminels cachés derrière leur machine à écrire, puis à la musique rock, aux dessins animés japonais, aux jeux vidéo...

À cette ambiance délétère, ajoutons la médiocrité affligeante de la plupart des papiers, prêtant ici à Kafka la paternité de l'ouvrage incriminé, égratignant là les noms des protagonistes, affabulant un détail macabre afin de corser le récit, ou ne résistant pas, tandis que l'étrangleur est retrouvé pendu dans la forêt de Saint-Germain-en-Laye, à l'idée d'un bon mot : « Edmond Rougé n'ira pas cracher sur la tombe d'Anne-Marie Masson. » Autant d'idioties qui ne sont pas pour rassurer Boris.

Ne manque plus que le retour des attaques de Daniel Parker – ça ne devrait plus tarder –, dont on imagine sans peine la délectation devant pareil spectacle.

Difficile, dans ces conditions, de garder son calme.

Et puisque d'Halluin s'obstine au téléphone à ne pas

vouloir entendre raison, continue au contraire d'exhaler un enthousiasme forcené, de louer la bonne fortune et de promettre de prodigieux chiffres de vente, Vian finit par raccrocher d'un geste rageur. Et merdre !

24

Se faire traiter d'assassin dans un journal national aurait suffi à démolir n'importe lequel des écrivains les plus robustes. Mais il en faut davantage, bien davantage, pour atteindre Vian ; c'est en tout cas ce qu'il jure à son entourage.

Aussi ne change-t-il aucune de ses habitudes, continue de se rendre au boulot chaque matin, passe son temps à écrire des choses et d'autres, fréquente avec assiduité les soirées be-bop, agit comme s'il n'était nullement concerné par le scandale le plus passionnant du moment.

Il montre parfois, c'est vrai, un air atrabilaire qu'on ne lui connaît pas, force plus qu'à l'accoutumée sur le gin et le martini, mais rien d'alarmant, en somme, pour quiconque le croiserait ici ou là. La plupart de ses amis jugent même ce tapage autour de Boris fort divertissant.

Seule Michelle paraît s'inquiéter de la situation, ainsi que Claude Léon – camarade de bureau le jour et d'orchestre la nuit –, tous deux bien placés pour observer les contrariétés de Vian au plus près. Mais celui-ci assure que tout va pour le mieux. Vraiment. Ne vous inquiétez pas, insiste-t-il, veillant à garder aux lèvres son immuable sourire.

Une fois rentré rue du Faubourg-Poissonnière, pourtant, l'alcool et les barbituriques ne suffisent plus à apaiser ses angoisses. Jamais ses insomnies ne lui ont paru aussi insurmontables ni aussi épuisantes. À peine ferme-t-il l'œil qu'aussitôt les attaques des journalistes recommencent à tourmenter son esprit, se répètent dans d'insaisissables murmures, sa tête bientôt envahie par toute cette démence.

Dans ces conditions, il n'est pas question de dormir. Encore moins de travailler. Ses pensées se font trop embrumées pour espérer en tirer quoi que ce soit.

La nuit, il se lève pour s'enfermer dans la salle de bains, reste là, debout et immobile, fixe longuement son reflet dans le miroir comme s'efforçant à résoudre un problème insoluble.

Ses traits peu à peu se brouillent dans la glace, s'évaporent, se transforment pour dévoiler une gueule brusque et émaciée comme le sont celles des maudits. La peau vire au brun, parsemée de plissements et de fêlures, de cernes noirs ; marques de l'épuisement physique peut-être, moral assurément. Vian passe une main sur ce visage qui n'est plus vraiment le sien, de ses doigts, effleure le nez camus, les lèvres charnues et froides ; s'il souriait, il s'effrayerait lui-même. De longs cheveux châtains et bouclés finissent de composer l'image de l'inconnu, nimbent la figure étrangère, rongée par une noirceur que contrastent deux yeux pâles et verts.

Et s'il n'a jamais vu le type qui se tient face à lui dans le miroir, Boris ne tarde pas à reconnaître le profil de sa propre créature : Vernon Sullivan.

C'était prévisible. À force de mêler son existence à son œuvre, la réalité à la fiction, d'avoir tiré pour les séparer une ligne si ténue, tout finit par se mélanger sans plus savoir qui de Jean-Paul Sartre ou de Jean-Sol Partre est celui de ses amis, qui de Dan Parker ou de Daniel Parker est un infâme meurtrier ; quant à Grosjean et Petitjean, le problème se pose moins tant ils sont tous deux aussi grossiers à son goût.

Lui-même, sait-il encore qui il est ? L'ingénieur, le romancier, le chroniqueur, le poète, le nouvelliste, le peintre, le trompettiste, l'amant, le mari, le père, le fils, le pasticheur ou bien l'auteur américain reclus dans le secret ?

Et comment s'y retrouver, encore, au milieu de cette collection de pseudonymes digne d'un escroc, et dont il use selon ses envies et ses besoins : Bison Ravi, Eugène

Minoux, Brisavion, Baron Visi, Doublezon, Butagaz, Raisin Moisi, Andy Blackshick, Xavier Clarke, Michel Delaroche, Aimé Damour, Gédéon Molle, Gérard Dunoyer, Claude Vannier, Hugo Hachebuisson, Adolphe Schmürz et ainsi de suite jusqu'à Vernon Sullivan.

C'est à s'y perdre, même pour un esprit solide comme le sien.

Pour se sortir de ce mauvais trip, Boris passe un coup d'eau sur son visage. Et comme son reflet reprend les traits qu'on lui connaît, il revient doucement à lui, avale un cachet de Soneryl et retourne à sa nuit.

25

Ajoutons ceci : il y a toujours pour l'écrivain le risque de voir sa cirrhose avancer plus vite que son œuvre.

Aussi, malgré l'accumulation récente de mauvaises nouvelles, plutôt que d'aller s'oublier dans les caves du sixième arrondissement, Boris décide de passer son samedi soir seul à la maison.

Il fait couler dans un baquet un peu d'eau chaude et, muni du récipient et de quelques ustensiles, s'installe dans le salon, choisit un disque du Duke et relève son pantalon jusqu'à mi-mollet. Puis, comme il plonge ses pieds dans le bain, un soupir lui échappe. Il ferme les yeux, tente, à supposer que ce soit possible, de faire abstraction de ses emmerdes du moment.

Il lui faut donc négliger l'acharnement de la presse, les attaques du Cartel d'Action Sociale et Morale, et les risques d'un procès à venir ; faire fi de son éviction de chez Gallimard et de son incapacité à se faire accepter par le milieu littéraire de Saint-Germain ; négliger son cœur malade et sa vie de condamné ; oublier, enfin, les échecs pathétiques de *Vercoquin et le Plancton* puis de *L'Écume des jours*, inlassablement ignorés par la presse et les libraires ; les lecteurs sont assez peu nombreux pour qu'on puisse imaginer les faire entrer tous dans un seul tramway-bus – méthode qu'on ne mettra pas en pratique, bien entendu, c'est une image.

Pour ne rien arranger, la première face du 78 tours arrive à sa fin et précipite l'appartement dans le silence. Il se lève pour retourner le disque sur le pick-up, revient à son baquet et, pour distraire son esprit, armé d'un savon de Marseille, frotte entre les orteils avec vigueur, s'attaque ensuite au dessus et à la plante de ses pieds, termine par le talon sans rien perdre de son ardeur. Afin d'éroder ce qu'il reste de callosités, il se sert d'une pierre ponce, et cure enfin ses ongles à l'aide d'une brosse imprégnée de jus de citron.

Si l'opération lui confère une hygiène podale irréprochable, elle concourt par-dessus tout à l'apaisement de ses angoisses ; méthode à ce point infaillible qu'il la privilégie même à la lecture de Montherlant ou l'ingurgitation de tartines au beurre nappées de sucre de raisin.

Si bien qu'après cela, il envisage la situation d'un œil nouveau et confiant.

D'abord, l'acharnement de la presse à son encontre ne va pas sans une explosion des ventes de *J'irai cracher sur vos tombes*, atteignant en quelques semaines des dizaines de milliers d'exemplaires. Le bouquin s'écoule désormais tel un vaccin en temps de pandémie.

Au vu de l'emballement, d'Halluin a suggéré l'idée d'une adaptation au théâtre, et laissé entendre l'intérêt de certains producteurs pour les droits cinématographiques.

Suivant le même principe vertueux, Boris reçoit différentes propositions de traductions de romans noirs américains ; l'activité, outre une rémunération bienvenue, viendrait confirmer ses aptitudes dans le domaine – aspect non négligeable en vue du procès –, et s'ajouter à l'interminable liste de ses occupations.

Enfin, il recueille le soutien de plusieurs journalistes, plus convaincus par la dangerosité de Parker que par les qualités littéraires de Sullivan, rappelant le caractère au moins aussi violent des œuvres de Balzac ou Zola ; proximité artistique qui n'est pas pour déplaire à Vian.

Tout ne va pas si mal, finalement.

À croire que l'existence semble plus ou moins supportable selon qu'on ait les pieds propres ou non.

26

Vintecatravryl karentesète.
Rien à signaler.

27

Le vingt-cinq, en revanche, tombe un vendredi.

Dix-sept heures, les travailleurs abandonnent bureaux, ateliers et usines en direction des rades et des troquets les plus proches, pareils aux bêtes qui se rassemblent au soleil couchant pour s'abreuver au même point d'eau – il serait davantage question ici de Picon-bière, de Suze, de Rinquinquin ou d'alcools américains à la mode, soit, mais l'idée est là.

Le quartier de Saint-Germain-des-Prés ne diffère pas du reste de Paris. Et Vian se fondrait tout à fait dans la foule des buveurs anonymes si un journaliste n'était venu le rejoindre au Flore pour faire son portrait – encore une idée de d'Halluin.

Installés en terrasse sous les rayons timides de la fin de journée, l'écrivain commande un Grizzly de l'Oural – 1/3 vodka, 1/3 grapefruit, 1/3 kirsch –, le plumitif un café allongé – mixture à l'image de son consommateur, homme fade et paré d'un complet noir, d'un calepin ainsi que d'un charisme navrant, comme sorti de ces offices de normalisation que Vian tolère si mal, et répondant au nom de Prévost.

L'entrevue démarre sans enthousiasme. Il y est question, bien sûr, de ces rumeurs calomnieuses que la presse déblatère depuis des semaines.

Ainsi, remarque l'interviewer, l'association des anciens combattants de 14-18 a fait savoir tout le mal qu'elle pense de votre rôle dans le meurtre de la pauvre Marie-Anne Masson. Qu'avez-vous à répondre à ces critiques répétées quant à votre culpabilité ? Et ne s'agit-il pas pour vous et votre roman d'une extraordinaire publicité ?

À moins d'être passé à côté des derniers rebondissements de l'histoire, on se figure aisément l'agacement de Boris face à ces accusations. Pour toute réponse, celui-ci s'applique à laisser paraître son indifférence, salue un copain à une table voisine, commande un nouveau verre, se résout tout de même, histoire de clore le débat, à nier de nouveau être l'auteur de *J'irai cracher sur vos tombes* – à force, c'est à se demander s'il ne finira pas par s'en persuader –, assure se satisfaire du succès du roman auprès des lecteurs. À l'entendre, les attaques, aussi nombreuses soient-elles, ne semblent pas en mesure d'ébranler sa bonne humeur, pas plus que sa tranquillité d'âme.

Et lorsque Prévost se risque à lui demander ce qu'il penserait, si cela devait se présenter, d'une éventuelle adaptation cinématographique du roman de Sullivan : ne me parlez pas de malheur, répond-il aussitôt, sans même imaginer ce que cela pourrait avoir de prémonitoire.

Face à l'entame laborieuse de l'entretien, un changement de méthode s'impose, ainsi que de sujet. Sûr que Vian, à propos de jazz, se montrera plus prolixe. Vous pratiquez donc, demande l'autre d'un air faussement naïf, l'instrument dans un orchestre ?

Boris confirme et profite de l'occasion pour aborder le sujet de son cœur défaillant. Mon médecin, confie-t-il d'un ton désinvolte, dit que si je continue, je serai mort dans dix ans. Mais j'aime mieux mourir et jouer de la trompette.

Pour toute réponse, Prévost retranscrit les propos dans son carnet sans prendre la peine d'un commentaire ni rien montrer d'une quelconque émotion, pas même un sourcillement.

D'ailleurs, assez bavardé, dit Boris en se levant, suivez-moi, je vous emmène voir l'endroit le plus bath de Saint-Germain.

28

On s'étonne, néanmoins, alors qu'on s'apprête à découvrir l'endroit le plus bath de Saint-Germain, de se trouver devant une façade marronnasse sur laquelle une typographie jaune et maladroite annonce modestement : Le Tabou.

La porte d'entrée franchie, le rideau poussé, pas mieux : un bar sans envergure quoique tout en longueur, pourvu d'un zinc et de quelques tabourets, décor dénué de charme mais pas d'une odeur écœurante, mélange de poussière et de vieille vinasse.

Tandis qu'il s'avance vers le bout de la salle, et Prévost toujours sur ses pas, Vian salue de jeunes gens en chemises à carreaux et baskets américaines, échange avec eux une ou deux amabilités, stoppe enfin devant *le grand maître de l'escalier* – type dont le gabarit inspire un respect digne de son surnom.

Ce bon vieux Bison, s'exclame le colosse, on n'attendait plus que toi ! Et, d'un coup de menton doublé d'un geste de la main, invite les deux hommes à descendre ledit escalier.

Une douzaine de marches plus tard, c'est la cave : un comptoir en chêne que jouxte un vestiaire, quelques tables cernées de banquettes et de chaises, une estrade faisant office de scène pour les musiciens ; au centre de quoi, une piste de danse à l'ambiance très swing et grouillant de silhouettes noyées dans les fumées de l'activité tabagique.

Feignant de répondre à une question que lui aurait posée le journaliste, Boris s'amuse à faire le récit du Tabou et de ses succès. Comment le petit café de quartier devint populaire en servant la clientèle plus tard que ses concurrents. Comment, après la fermeture du Caveau des Lorientais pour raison administrative – histoire, dit-on, de cinq centimètres manquant à une sortie de secours –, les noceurs du Tout-Paris prirent leurs habitudes ici. Comment, enfin, Greco eut l'idée d'aménager la cave pour en faire un club de jazz – inspiration qui acheva de rendre les lieux incontournables.

Et puis, devant l'inévitable faune des artistes et intellectuels du coin, tel le bottin mondain, il poursuit : voyez là-bas, discutant avec Cocteau, il s'agit de Christian Dior, et les deux charmantes jeunes femmes qui dansent par ici sont les épouses de Messieurs d'Halluin et Duhamel, eux-mêmes installés non loin, avec Camus et Gallimard, et au fond, vous reconnaîtrez Sartre et Beauvoir en discussion avec Merleau-Ponty, ah ! et regardez, voilà Montand et Signoret qui s'installent à la table de Mouloudji.

Nous serions tentés, en outre, de mentionner la présence sur scène du tennisman danois Torben Ulrich – physique imposant et clarinette à la main –, qui pourrait nous donner envie d'évoquer son fils Lars, futur membre fondateur du groupe Metallica, mais ce n'est sans doute pas l'endroit pour le faire. D'ailleurs, l'énumération des vedettes présentes au Tabou pourrait durer longtemps, mais nous nous lasserions, ainsi que nos protagonistes.

Aussi Boris décide-t-il de gagner le bar pour commander une tournée générale et, cependant qu'il tire de sa poche une liasse formidable de billets – bénéfices désormais conséquents de sa petite blague –, crie à l'assemblée : c'est du sale pognon, il faut le boire !

Dans l'hystérie du moment – ovations, fous rires et embrassades –, Prévost perd la trace de son sujet, ne repère plus Vian ni parmi les danseurs ni parmi ses camarades attablés. Il fait le tour de la cave. Remonte. Rien non plus là-haut. Pas même dehors, où les clients, d'ailleurs, ne se risquent plus à prendre l'air et papoter depuis que les voisins ont pris l'habitude de leur jeter seaux d'eau et contenu de leur pot de chambre sur la tête.

Sans espoir, il redescend et trouve l'ambiance plus survoltée encore.

Boris est monté sur scène, trompette à la gueule et accompagné de ses frères, Alain et Lelio, à la batterie et à la guitare. Les Grrr – ainsi que le petit orchestre se nomme – improvisent sur les thèmes américains du moment : Monk, Armstrong, Ellington ou Parker. Inutile de parler tango, rumba ou musique mélancolique à ces trois-là, seul le be-bop trouve grâce à leurs yeux. Tout au plus s'essayent-ils parfois à un air de blues sur lequel un certain Tarzan de leurs amis – un habitué des excentricités et de l'endroit – les rejoint sur scène pour hurler de grotesques onomatopées ; spectacle qui ne manque jamais de faire hurler de rire la bande des existentialistes.

Réunis par la musique, les Vian redeviennent les gamins qu'ils étaient à Ville-d'Avray, dans la maison familiale d'autrefois. C'était avant la guerre. Avant la crise de 29. Avant la ruine du père, et l'humiliation. L'époque était joyeuse, bourgeoise, inconséquente, pleine de ces naïves marrades d'alors, aveuglée par l'illusion d'un avenir épargné par les ombres.

L'endroit avait tout d'une prison cotonneuse. La réclusion y passait pour une douceur enivrante. Et les enfants, tant qu'ils n'avaient pas pour projet de s'en échapper, y jouissaient d'une liberté totale. Ils jouaient à en perdre le souffle, riaient à en perdre la raison et, pour se remettre de tant de plaisirs, somnolaient au coin du feu en écoutant Madame Vian interpréter Debussy au piano.

À peine entame-t-il son solo que Boris retrouve l'insouciance intacte de cette jeunesse *villedavraisoise*. Le voici qui oublie tout de ses contrariétés, y compris les accusations des anciens combattants de 14-18. Il néglige jusqu'à la menace de ce cœur prêt à lâcher à chaque instant.

Les clients du Tabou ne ratent rien de son visage légèrement penché vers l'avant, ses lèvres liées à l'instrument comme celles du nourrisson au sein de sa mère, le buste droit et le regard mi-clos, rien de sa fragilité ni de sa gravité, de sa concentration pareille à une prière. Au-delà du scandale et des clichés, ils ne peuvent s'empêcher d'admirer ce type capable de risquer sa vie pour quelques notes.

Le lendemain, dans son torchon, Prévost écrira : « Boris Vian, assassin par procuration, se condamne à mort : on se demande si cela encore, c'est de la publicité. »

29

Cette fois, c'en est trop.

Boris profite de se trouver au bureau et pas vraiment débordé pour se lancer dans la rédaction d'un texte, manière de riposte à paraître dans le prochain numéro de *Point de vue*.

D'Halluin a tout arrangé avec l'hebdomadaire, qui accompagnera la réponse de Vian d'un article en sa faveur ainsi que de quelques photos le présentant à la trompette ou entouré de Beauvoir, Sartre et Queneau – gage de respectabilité intellectuelle s'il en est.

« Je ne suis pas un assassin », titre Boris avant toute chose. Après quoi, il entame son papier par une excuse.

Or, il ne s'agit pas pour lui d'assumer les horreurs de Rougé; c'est qu'il s'en veut d'occuper, avec ses petits problèmes et sa « poire chevaline », ces colonnes d'ordinaire réservées à la star du moment, la belle Martine Carol.

Faut-il le préciser, il jure encore n'être pas Sullivan, et ne manque pas de ridiculiser, avec autant d'humour que de mauvaise foi, le travail des journalistes.

Alors qu'il avance dans l'écriture comme à l'accoutumée – vite et bien –, la sonnerie du téléphone le coupe dans son élan.

Oui, répond-il, j'arrive immédiatement

Il laisse donc là ses idées et son envie d'en découdre, s'empresse de se rendre devant cette porte frappée de trois lettres d'or: PDG. Entre.

Comme chacun sait parmi les employés de la Section Technique de la Fédération des Syndicats Producteurs de Papiers, Cartons et Celluloses, Monsieur le Président – un type chauve et bedonnant mais fort sympathique – tient tout autant à éviter l'esclandre qu'à la tranquillité de son commerce. Aussi, après quelques circonvolutions de convenances – Et le dossier Fabre, ça avance comme vous voulez? – et avoir fait servir deux cafés, celui-ci se décide enfin à demander – véritable objet de cette convocation – s'il ne serait pas possible de se faire un peu plus discret dans la presse.

Voyez-vous, argue-t-il, l'office ne saurait souffrir de la calomnie ambiante... Ne vous méprenez pas, Vian, je n'ai rien contre vos aventures littéraires ni ce genre de plaisanteries. J'ai moi-même mes hobbies, n'est-ce pas, et un certain goût pour l'ironie, mais comprenez que le bureau doive rester une affaire sérieuse.

Boris opine du chef, assure qu'il fera, bien entendu, de son mieux pour se montrer prudent à l'avenir, et retourne aussitôt à son poste de travail afin de conclure son papier, résolu, quoiqu'en pense son patron, à en finir avec le moralisme petit-bourgeois.

Il règle la question de *la responsabilité de l'écrivain* en quelques lignes, s'amuse de la légèreté et du narcissisme propres à l'artiste, relit le tout, pas mécontent de lui, et profite qu'il reste un peu de temps avant la pause déjeuner pour se mettre à la rédaction d'une postface pour l'édition du prochain Sullivan ; quatre ou cinq pages qui permettront de boucler le volume de *Les Morts ont tous la même peau*.

Pour l'occasion, les chroniqueurs littéraires feront d'excellentes victimes. Vian s'y élève contre la nullité de ces « nœuds volants de la plus basse espèce », s'amuse à démolir lui-même *J'irai cracher sur vos tombes* pour mieux pointer la malhonnêteté, l'ignorance et le manque d'imagination de la profession. « Critiques, écrit-il, vous êtes des veaux ! »

Il regrette enfin – comme on le comprend – que ceux-ci, trop occupés à considérer la vie des auteurs à succès – leurs parentés, leur notabilité ou leurs accointances politiques –, condamnent les bons livres à l'obscurité et à l'échec.

Ces règlements de compte pourraient passer pour inutiles ou préjudiciables. D'aucuns trouveront cela parfaitement puéril, ou un rien trop agressif. N'empêche, remarque Boris, ça fait vachement de bien.

30

Aussi désastreuses soient les conséquences de cette attitude, on jurerait pourtant qu'il maîtrise la situation.

Prenons ce 26 juin 1947. Il met en carton dossiers et cahiers personnels, quelques romans dissimulés au milieu de livres plus techniques, une tasse, deux ou trois stylos et, tandis qu'il nettoie son bureau, ses collègues défilent les uns à la suite des autres pour lui souhaiter bon vent.

Car voilà – enfin !, serions-nous tentés d'ajouter –, Vian renonce à l'ingénierie pour vivre de l'écriture et quitte cette entreprise au nom trop long pour qu'il soit une fois encore ici prononcé.

Certes, il a fallu pour ça qu'il se fasse virer.

Mais comment ne pas deviner sur son visage ce sourire

aussi discret que ravi ; après tout, Vian ne saurait comprendre pourquoi il devrait perdre son temps à gagner sa vie quand il l'a déjà.

Il descend le bâtiment les bras chargés de ce fatras rempli de notes, de poèmes, de dessins, de beauté, et empile le tout dans sa BMW six cylindres, un rêve de gamin qu'il vient de se payer grâce aux droits d'auteur de Vernon Sullivan.

Cette première voiture – une épave ou une affaire, selon que l'on soit optimiste ou pas – ne lui a coûté que 10 000 francs. Somme à laquelle s'ajouteront bientôt les frais de dépannage, les heures de réparation et de rafistolage, les samedis après-midi passés à bricoler dans des garages de banlieue ; nouvelle passion dans la vie de Vian, dont il profitera pour copiner avec les mécanos, boire des coups et apprendre l'argot en leur compagnie.

Mais pour l'heure, le vieux tacot démarre et Boris s'enfuit, un thème du Duke aux lèvres.

Les semaines suivantes, il est pris d'une créativité plus excessive encore que d'habitude.

Pour des raisons de talent autant que d'opportunisme, il multiplie les projets. Écrit *L'Équarrissage pour tous*, sa première pièce de théâtre. Traduit *The Big Clock*, thriller américain à succès de Kenneth Fearing. S'attelle à l'élaboration de différents scénarios pour le cinéma – citons ici quelques titres prometteurs : *Zoneilles*, *Un mekton ravissant*, *La Pissotière* ou *Les Œufs du curé*. Ébauche ce qui deviendra l'un de ses plus beaux livres : *L'Arrache-cœur*. Accouche de sa première revue de presse mensuelle – et bénévole – pour *Jazz Hot*. En démarre une autre – rétribuée, celle-ci – dans *Combat*. S'amuse, puisqu'il en trouve le temps, à imaginer de délirantes nouvelles – comme celle où son ami Le Major quitte une surprise-partie en passant par la fenêtre. Prépare enfin les sorties prochaines de *L'Automne à Pékin* et *Les Morts ont tous la même peau* – qui feront un total de cinq romans publiés sous les noms de Vian ou Sullivan en moins d'un an.

Il n'a peur ni de l'inspiration, ni d'en manquer. Ne tergiverse pas, ne tranche pas, ne s'empêche pas. Prend tout ce qui lui vient. Écrit, rature, annote. Il y a toujours une fantaisie à dire, une inspiration à creuser, une conviction à défendre, une invention à faire connaître.

Je m'applique volontiers, dit-il, à penser aux choses auxquelles je pense que les autres ne penseront pas.

Il laisse venir les idées et les mots comme on laisse battre son cœur. Passe d'une entreprise à l'autre avec l'aisance d'un amphibien quittant l'eau pour gagner la terre ferme.

On le croit en train d'écrire un nouveau livre, le voilà qui s'essaye au ballet.

On lui prête des ambitions dans le spectacle, il collabore à la conception d'une émission de radio.

On le dit doué, il s'en défend : c'est le résultat de vingt ans de travail acharné.

31

C'est pourtant un jour à flâner sur les bords de Seine et à fouiller les étals des bouquinistes, à bronzer sur les quais et sous le soleil de juillet, à siroter, pourquoi pas, un verre de jaja ou deux à la terrasse d'un café germano-pratin.

Mais Vian, lui, suite aux plaintes du Cartel d'Action Sociale et Morale, se rend d'un pas vif, costume strict et visage fermé, à la convocation de la 1ère section des Renseignements généraux, où il compte bien, pour la circonstance, faire bonne impression.

Après avoir présenté ses papiers et décliné son identité, ainsi que s'être appliqué à une attentive observation des lieux – ça peut toujours servir –, j'ai avec moi, dit-il en déposant devant lui les lettres du Major et de son frère Alain, les témoignages de mes proches attestant de mon humble rôle de traducteur dans cette affaire.

À ses paroles suivent les frappes de la machine à écrire, une Olivetti M40 datant de l'occupation allemande, derrière quoi le commissaire, cigarillo pendant aux lèvres et avachi dans son fauteuil, le dévisage d'un regard légèrement strabique ; c'est un flic d'âge mûr et de corpulence du même genre, le cheveu gras et le costume usé, la peau ambrée comme la robe d'un vieux spiritueux. Il hoche la tête de manière désabusée, comme pour faire comprendre qu'il n'a pas embrassé la carrière d'enquêteur pour arrêter des écrivains – aussi scandaleux soient-ils –, mais bien pour traquer des voyous, des vrais.

Il a lu, pour les besoins de l'enquête, les passages les plus controversés de *J'irai cracher sur vos tombes*, n'y a pas trouvé de quoi s'offusquer outre-mesure, sinon peut-être de la pudibonderie en vogue dans ce pays. Et puis Vian – est-ce son sourire, sa verve, sa passion, allez savoir –, lui ferait plutôt l'effet d'un type sympathique.

Si ça ne tenait qu'à lui, sûr, on foutrait la paix aux artistes pour s'occuper des véritables dangers qui gangrènent la France. Aussi se met-il à rêvasser de braquage, de kidnapping et de tentative d'assassinat – un peu d'action, quoi –, et n'écoute plus que d'une oreille paresseuse, avec l'espoir de pouvoir expédier l'affaire au plus vite, la défense de Boris.

Malgré l'évidente apathie qui lui fait face, Vian ne se démonte pas. Il présente des articles de presse en sa faveur, prétexte les ennuis de Vernon Sullivan l'empêchant de se rendre à Paris, mais, précise-t-il non sans un certain aplomb, l'auteur américain a promis d'envoyer au plus tôt la version originale de son manuscrit. Et puis, soucieux d'employer tous les moyens à sa disposition afin de plaider sa cause et s'épargner les tourments de la justice, il finit par évoquer ses problèmes de santé. C'est très mauvais pour moi, conclut-il, les émotions.

À ces mots, le commissaire se redresse mollement, écrase son mégot, fixe Boris droit dans les yeux – ou presque –, rallume un cigarillo.

Vous savez, souffle-t-il sans montrer le moindre signe d'émotion, moi je ne peux pas grand-chose pour vous, je me contente de consigner les témoignages, voilà tout. Que ça vous plaise ou non, de toute façon, ce procès finira par avoir lieu.

32

Avis que ne semble pas partager Vincent Auriol.

Non pas que ce dernier prête un intérêt spécial à cette affaire ; lui qui a été élu, en début d'année et à une large majorité, premier président de la IVe République, a bien d'autres choses à penser. Mais c'est en homme de gauche, soutenu par la SFIO et le PCF, que ce 16 août 1947 il fait voter à l'Assemblée Nationale la loi n° 47-1504.

Si cette loi d'amnistie a pour conséquence de libérer de prison des milliers de détenus – notamment les délinquants ayant soutenu le régime de Vichy – elle acte en outre la levée immédiate de toute action judiciaire visant des textes publiés avant janvier 1947. Autrement dit, le tribunal se voit contraint d'abandonner les poursuites à l'encontre de Vian et d'Halluin.

La date a son importance.

Pourtant, nul ne sait où se trouve Boris.

En Vendée avec Michelle et Patrick ? En vadrouille à la montagne en compagnie des copains ? En tournée sur la Côte d'Azur avec l'Orchestre Abadie ? En trip à Londres à la recherche de 78 tours ? Ou à Paris, plus sûrement, travaillant sur ses projets ?

Impossible à savoir.

Aucune lettre, aucun journal, aucune biographie n'est en mesure de nous le dire.

Rien n'empêche, néanmoins, d'imaginer Vian célébrer la nouvelle comme il se doit.

Un an a passé depuis l'écriture du canular devenu sujet de polémique nationale, arme du crime, objet de batailles judiciaires et best-seller incontestable. L'affaire pourrait en rester là, et avec elle son récit.

On pourrait conclure tout ça dans une fête de plus ; la chose est désormais bien rodée : Boris trompettant entouré de ses amis musiciens, Queneau et d'Halluin accoudés au comptoir, Sartre et Beauvoir trinquant avec Michelle, sans oublier Georges, Claude, Juliette et Le Major, zazous et existentialistes exaltés par la victoire du jour, buvant, dansant, riant, impeccable mise en scène du triomphe de la liberté sur la censure et l'obscurantisme – et charmant épilogue.

Au risque de divulgâcher, et malgré la bonne volonté de Vincent Auriol, précisons tout de même qu'on n'a pas fini d'entendre parler de Vernon Sullivan.

33

Installé au dernier rang du théâtre Verlaine, ses jambes appuyées sur le rebord du fauteuil en velours rouge et lui faisant face, Boris Vian assiste à la répétition d'un spectacle tout à fait affligeant : intrigue indigente, dialogues ratés, comédiens faiblards ; la pièce est mauvaise. Il est bien placé pour le savoir, il l'a écrite.

À se demander pourquoi, contre l'avis de Michelle et Raymond, et si l'on omet les considérations tout à fait pécuniaires, il a accepté de travailler sur cette adaptation de *J'irai cracher sur vos tombes.* Mais la première se tenant dans une semaine, il n'est plus question de faire machine arrière.

Contrarié par la situation, sa mine demeure étonnamment joyeuse, un peu béate voire. Il sort de sa poche un paquet de dragées roses, en croque une poignée, s'amuse à l'idée de se sentir si heureux ; bêtement heureux.

Bien sûr, il apprécie l'ambiance des répétitions, l'exaltation de la création, la compagnie des artistes et plus particulièrement celle des comédiennes – la fréquentation des ingénieurs ne lui manque visiblement pas –, mais cela ne saurait suffire à expliquer son euphorie.

La raison de cette réjouissante humeur est plus sûrement liée à l'événement de ce matin : la naissance de sa fille, Carole, lumière au milieu de la pénombre de ces derniers mois. Car derrière l'extravagance et la gaîté de cette période, en réalité, rien ne se passe jamais comme il le faudrait.

En septembre 47, *L'Automne à Pékin* est sorti dans l'indifférence générale ; échec commercial et critique – seul *Le Monde* consent à parler du livre pour le juger « ennuyeux » – qui préfigure la fin de ses ambitions littéraires.

Les Morts ont tous la même peau, publié dans la foulée, rencontre quant à lui un succès loin d'être comparable à celui du premier Sullivan.

À la suite de quoi, Peter Cheyney – auteur britannique et à succès – annonce son refus de voir son nouveau polar traduit par le trompettiste.

Du côté des planches, pas mieux. *L'Équarrissage pour*

tous ne trouve pas la moindre salle où se monter ; l'antimilitarisme du texte suscite la méfiance de l'ensemble des directeurs parisiens.

En fin d'année, puisqu'il lui faut bien se diversifier, Boris s'est aussi essayé à la radio : son émission, *Radio-Massacre*, assemblage de sketchs absurdes, de délires pataphysiques et de satires politiques, provoque un désordre inhabituel sur la RDF, et la colère du pouvoir.

Quelques jours plus tard, *France-Dimanche* le convainc – arguments bassement matériels à l'appui – de feuilletonner un nouveau Sullivan dans ses pages ; quoiqu'expurgé, le premier chapitre de *Et on tuera tous les affreux* entraîne des ventes exceptionnelles et des plaintes tout aussi nombreuses auprès du journal, qui décide d'interrompre au plus vite la parution du texte.

Cet épisode marque peut-être les derniers soubresauts de l'affaire Sullivan. Même si l'on prête désormais à toute affaire crapuleuse, scabreuse ou sanglante des airs d'histoires à la Boris Vian, les attaques se font de plus en plus rares ; la preuve : personne n'appelle plus à brûler ses romans. Seul un certain Michel Audiard se lamente encore, dans un article paru dans *La Bataille*, de ce que Vian participe au pourrissement de la littérature en France.

Et puis, il y a cette soirée lors de laquelle Le Major, éméché et éconduit par une jeune femme, tombe d'un balcon ; drame qui n'est pas sans rappeler la nouvelle écrite par Vian quelques mois auparavant. Cette fois, seulement, son ami ne s'en remettra pas. Boris non plus.

La délicatesse nous impose donc d'ignorer cette accumulation récente de difficultés et de désillusions pour laisser Vian à son bonheur du jour.

D'autant que le filage, ce supplice interminable, s'achève enfin.

Il se lève, pressé de retourner auprès de Michelle et de la petite Carole, approche de la scène, salue acteurs et techniciens, feint d'avoir trouvé la répétition pas si mal – difficile de faire croire à mieux –, loue la réussite des décors de Jean Boullet – là-dessus, au moins, il se montre sincère – et tente de fuir ces bavardages qu'il apprécie tant d'ordinaire.

Une coupe de champagne, hélas, le retient.

Puis, une deuxième.

Et tandis que, vidant la troisième d'une traite, il croit s'en sortir, une jeune actrice de la troupe l'en empêche.

Elle s'appelle Anne Campion, a dix-neuf ans, une beauté hitchcockienne ainsi que tout pour plaire à Boris. Et comme celle-là prend la main de celui-ci, l'entraîne vers les coulisses afin de pouvoir, prétend-elle en minaudant, travailler son texte plus en profondeur, on peut estimer que la réciproque est vraie.

34

Il y a foule, ce soir, devant le 66 rue Rochechouart : admirateurs et curieux, copains de Saint-Germain-des-Prés, journalistes et starlettes du moment, tous venus assister, ce 23 avril 1948, à la première *de J'irai cracher sur vos tombes*.

Le peu de communication autour de la pièce a provoqué un engouement inespéré. Il a suffi, en janvier, d'ébruiter l'idée d'une adaptation de son canular pour que l'opinion, plus ou moins indifférente aux dernières activités de Vian, s'échauffe à nouveau. Il n'a pas fallu trois jours pour que les noms d'Yves Montand, Martine Carol, Juliette Greco ou Simone Signoret soient évoqués pour les rôles principaux. Distribution aussi extraordinaire qu'illusoire à laquelle se sont aussitôt ajoutées des promesses de tapage à la hauteur de la mauvaise réputation du best-seller et de son auteur ; ça va saigner, jure-t-on.

Vian – l'information n'étonnera personne – s'empresse de prendre le contre-pied. Face à l'image obscène qu'on lui a arrangée, il surjoue désormais le père de famille respectable, l'ingénieur talentueux, l'artiste accompli. Dans les quotidiens et jusque sur le plateau de *Télé-Paris*, il se prête à ce genre d'entrevues sobres et policées comme on en réserve d'ordinaire à d'honnêtes auteurs dramatiques.

Le texte, prévient-il à l'occasion, a été remanié afin de s'attacher à son aspect le plus politique : l'antiracisme. En vérité, et pour le dire franchement, il a totalement édulcoré son histoire. Par goût de la plaisanterie ? Par peur de nouveaux ennuis judiciaires ? Qu'importe, tout le monde s'obstine à croire au scandale à venir.

20 h 15, on annonce l'ouverture des portes avec pas mal de retard. L'assistance se rue comme un gros animal malhabile à travers les coursives du théâtre Verlaine. L'endroit – sept cent cinquante places, tout de même – affiche complet depuis plusieurs semaines.

En coulisse, teint souffreteux et sourire affecté, Boris se montre de plus en plus nerveux. Il tient d'une main un verre de whisky, de l'autre triture celle de Michelle. Il écoute au loin les gens s'installer, bavarder et rire un peu trop fort ; une certaine fébrilité gagne la salle.

La distribution officielle – Daniel Ivernel, Véra Norman, Danielle Godet… –, moins clinquante que prévu, aurait pu refroidir les ardeurs. Heureusement, les polémiques autour de la pièce n'ont pas manqué d'entretenir le désir du public.

La RATP, par exemple, sous prétexte de ne pas « risquer de choquer les usagers en deuil », a refusé l'utilisation du nom de l'œuvre sur son réseau publicitaire. Réaction ordinairement rétrograde de la part de l'entreprise, déjà coupable d'avoir censuré, quelques mois plus tôt, le titre de Sartre, *La Putain respectueuse*, devenue *La P… respectueuse*. Toutefois, et quelle que soit la manière d'aborder la question, les points de suspension ne peuvent rien contre « J'irai cracher sur vos tombes ». Aussi les parisiens ont-ils découvert, le long des couloirs du métro : *Une pièce de Boris Vian*.

Et puisque rien de ce qui touche de près ou de loin à Vernon Sullivan ne semble devoir se passer normalement, la veille encore, soir de la couturière, les spectateurs avaient appris l'annulation de la représentation. Certains y avaient vu la main de la censure. D'autres le résultat d'une ambiance délétère au sein de l'équipe. La presse, elle, s'était contentée d'alimenter l'image sulfureuse de l'évènement, rapportant qu'on avait frôlé l'émeute rue Rochechouart.

Mais voilà, cette fois – malgré une organisation approximative et les rumeurs d'un report –, c'est la bonne.

Trois coups retentissent.

Le silence se fait.

Et le rideau, enfin, se lève.

35

Pour tout décor, la chambre de Lee Anderson, dans laquelle l'entièreté de l'intrigue doit tenir : surboums, baignades érotiques, course-poursuite, assassinats ; ce n'est pas pour faciliter la mise en scène. Pas plus que les retardataires, nombreux, qui empêchent le bon déroulement du premier acte. Et puis bientôt, c'est le phonographe qui se grippe, un projecteur qui saute, et quand on croit en avoir fini avec les avaries, voilà qu'une actrice, prise par le trac, peine à articuler ses répliques.

Dans la salle, la rumeur monte.

On entend rien, remarque l'un.

Remboursez !, exige l'autre.

Les plus silencieux demandent aux braillards de se taire ; ça n'arrange pas l'humeur générale. Comédiens et machinistes font de leur mieux pour éviter la catastrophe. Les derniers arrivés se plaignent de ne pas saisir l'intrigue. L'indiscipline se répand. L'ambiance s'envenime. On baisse le rideau.

Resté en coulisse par peur d'assister à ce prévisible naufrage, Boris se décompose ; une douleur tiraille sa poitrine. Il voudrait pouvoir disparaître loin d'ici, de cette humiliation, se laisser errer dans quelque rue parisienne, à travers la douceur du printemps et la nuit bleue mêlée de jaune, insouciant, pris par la seule idée d'être libre, et s'envoler dans les airs, pourquoi pas, comme les gamins dans ses rêves. Son esprit lui commande de fuir mais il n'esquisse pas le moindre geste, sinon pour se servir un verre d'eau, avaler un cachet. Il demeure là, fragile, débile, tétanisé.

Dix minutes de confusion plus tard, le temps d'arranger la situation, la pièce reprend depuis son début, et avec elle, son lot d'incidents. Curieusement, ces ratés ne retiendront pas l'attention du public. Pas plus que la charge antiraciste du texte, occultée par l'excessive sobriété de l'adaptation, qui deviendra vite l'unique raison de l'indignation.

Ceux-là mêmes, spectateurs et critiques, outrés des mois plus tôt par l'immoralité du roman de Sullivan, se trouvent désormais furieux devant tant de retenue. La déception est à la hauteur de leurs espoirs. Vian les avait prévenus mais ils n'ont pas voulu l'entendre. Ils ont préféré croire à leurs propres fantasmes de débauche. Il faut les voir, ce soir, confrontés à la réalité, gênés par tant de décence, de pudeur, de mesure, et maugréant à qui veut l'entendre : quelle honte !

Imaginez : pas une once de pornographie, pas la moindre scène de nu, rien, pas même l'esquisse d'une croupe ou d'un bout de sein. Magie de la mise en scène, les effeuillages ont lieu derrière les vitres dépolies d'une salle de bains, les scènes érotiques s'effacent derrière d'ingénieux tombés de rideau, quant aux crimes, ils s'opèrent en coulisse. Les amateurs de sensations fortes, en espérant qu'ils soient dotés de patience, doivent se contenter d'un peu d'hémoglobine à la fin du dernier acte. « C'est le crachin sur les tombes », raille-t-on.

Les déçus ne manquent pas de faire savoir leur déconvenue. À l'exception de quelques titres, toute la presse s'en fait l'écho, depuis *L'Aube* jusqu'à *L'Aurore*, en passant par *Le Petit Varois* et *La Presse du Calvados*, chaque jour y compris dans *Samedi-Soir* et *France-Dimanche*, les journalistes, unanimes, après avoir tant condamné l'obscénité de Vian, ne cessent plus de lui reprocher le trop-plein de romantisme et de bons sentiments de sa pièce. Quel intérêt, se demandent-ils cachés derrière de viles et pompeuses envolées, s'ils ne peuvent profiter de cette sortie pour se rincer l'œil ?

Las, certains en arrivent à regretter d'avoir colporté la rumeur selon laquelle Vian et Sullivan puissent être le même auteur.

Aussi paradoxal que cela puisse paraître, la situation profite à la célébrité de Boris : ses soirées et ses amitiés font désormais l'objet de commentaires quotidiens, ses excès provoquent la polémique, ses fantaisies l'amusement du grand-public. Il éclipse jusqu'aux frasques des vedettes de radio-crochet ou des boxeurs à la mode ; c'est dire.

Et à propos de ses romans ?

Et bien toujours rien.

Sinon l'indifférence la plus totale.

36

Comme tous les matins, il arrive en avance et s'installe à la terrasse qui fait l'angle de la rue Rochechouart et de l'avenue Trudaine, là où l'équipe se réunit d'ordinaire après les représentations. En attendant Alfred – Pasquali, le metteur en scène de cette tragédie –, il commande un café.

Et puisqu'il ne s'occupe à rien de particulier, c'est la chance de l'observer un moment. Il porte un costume gris clair et une coupe en brosse, un air sinistre que contraste une cravate aux motifs bariolés. Son front est toujours plus dégarni, son teint pareil à celui d'un convalescent, la posture un rien tassée ; Boris est épuisé. Par l'arrivée de la petite Carole. Par la somme de travail qu'il s'impose. Par l'hystérie qui l'entoure et ne l'amuse guère.

Il voudrait pouvoir se défaire de Vernon Sullivan. Ne plus servir de refuge à ce monstre devenu incontrôlable. Se consacrer pleinement à Vian, à ses propres romans. Mais nombreux sont ceux qui attendent de lui qu'il fasse prospérer le filon. À commencer par d'Halluin, pressé de publier *Et on tuera tous les affreux*. Sans oublier le théâtre Verlaine, soucieux de pouvoir continuer à remplir sa salle.

D'ailleurs, Alfred arrive enfin. Il a le visage des mauvais jours, que son crâne chauve et ses manières exagèrent. Il s'assoit sans une excuse pour son retard, commande un *ristretto*. Ne perdons pas de temps, dit-il sortant de sa serviette le texte de la pièce et les journaux du matin.

Après avoir pris connaissance des habituelles remontrances à l'encontre de leur pudibonderie, les deux hommes s'attellent à pervertir leur création. Drôle de situation ; eux qui ont tant fait pour éviter la censure.

Ils restent néanmoins méfiants, veillent à refréner leur propre fougue, travaillent chaque jour à trouver le bon équilibre entre l'envie des spectateurs et la menace d'une condamnation, corsent les choses avec prudence, comme on manipule un explosif particulièrement sensible. Boris, d'abord, ajoute ici ou là une réplique bien verte. Puis, Alfred fait raccourcir les costumes des comédiennes, avant d'inviter celles-ci à se passer de soutien-gorge. Bientôt, ils demandent que le rideau tombe moins rapidement sur les scènes opportunes et, de façon à communiquer sur ces quelques améliorations, imaginent ce slogan aussi prometteur que fallacieux : « La pièce la plus audacieuse de la saison ». Partout, ils font savoir que les choses, peu à peu, s'encanaillent. Attendez de voir la centième !, promettent-ils à qui s'intéresse encore à eux.

Certes, au bout de quelques semaines, les représentations s'avèrent moins assommantes qu'à leur début ; pas de quoi contenter, toutefois, les pulsions voyeuristes de l'opinion. Vian et Pasquali doivent se résoudre à changer de méthode.

Alfred engage donc une nouvelle figurante, du genre à ne pas se formaliser de ce qu'on lui demande à apparaître nue en public. Boris, lui, gribouille un bout de scène plus ou moins raccord avec l'histoire, prétexte à un numéro de déshabillage de ladite figurante – une dénommée Michèle Maxence, nous apprend Françoise Giroud dans *L'Intransigeant*, qui « peut aussi, dit-on, jouer la comédie ».

L'idée, bien sûr, fait jaser.

Mais nul n'est censé ignorer Daniel Parker ; qui n'ignore rien, lui, des activités de Vian et associés.

En janvier, déjà, à l'annonce du projet d'adaptation, et sans avoir pris connaissance de la moindre ligne de dialogue – la simple idée de voir porté sur les planches ce tombereau de haine et de pornographie lui aura suffi –, Parker a mobilisé ses ouailles. Appuyé par d'amicales ligues de vertu, auxquelles s'est étrangement attelée la

Société des Gens de Lettres, le Cartel d'Action Sociale et Morale a lancé une vaste campagne visant à faire interdire la pièce. Résultat : les chiffres de vente des romans de Sullivan sont repartis à la hausse.

Vexé, Parker a aussitôt recouvré d'irrésistibles envies de croisades. La loi d'amnistie de 47 n'a pas découragé ses rêves de censure. Au contraire, les sorties d'*I Shall Spit on Your Graves* et de *Les morts ont tous la même peau*, ainsi que la réédition de *J'irai cracher sur vos tombes*, l'ont conforté dans son idée. Les scènes de nu du théâtre Verlaine, elles, ont achevé de le convaincre.

En attendant mieux, et pour sa plus grande joie, le 13 juillet 1948, ou bien est-ce le 24 ? – les sources, décidément, manquent parfois de fiabilité –, la pièce fait sa dernière.

De centième, il n'y aura pas.

De procès, en revanche, c'est moins sûr.

37

L'épisode ne saurait dissuader Vian de persévérer dans l'art dramatique.

Mais ce soir d'avril 1950, au théâtre des Noctambules, les premiers rires semblent si prudents, si lointains, que Boris n'est pas certain de les entendre vraiment ; ils se fondent dans le bruit blanc de l'endroit : machineries en tous genres, va-et-vient des techniciens et des comédiens, battements lourds, trop lourds, de son cœur. Il pourrait tout aussi bien s'agir d'une hallucination ; soyons honnêtes, après sa dernière expérience des planches, cela passe pour la meilleure des explications.

Or, bientôt, – je ne rêve pas, s'étonne-t-il – on s'esclaffe.

Il se verse un fond de mâcon-villages, juste de quoi se donner un peu de courage, et abandonne le refuge des coulisses pour voir ça de plus près. Il emprunte les couloirs de l'endroit, arrive côté cour, découvre l'hilarité de plus en plus contagieuse, presque malsaine, de la salle.

Sur scène, le moindre bout de dialogue s'étire désormais, au rythme des gloussements et des applaudissements, pendant de longues minutes. Boris considère un instant les acteurs, étonnés comme lui par tant d'enthousiasme, obligés d'attendre le retour du calme pour reprendre leur texte.

Il n'en revient pas : la première de *L'Équarrissage pour tous* s'apprête à faire un tabac.

Alors, à son tour, il se prend d'un rire inextinguible. Pas qu'il soit ce genre de type à se repaître de ses propres gags, mais quel soulagement. Il lui a fallu trois ans pour monter cette pièce, trouver une salle, des acteurs, un metteur en scène, surmonter les refus et les silences de soi-disant copains, faire oublier l'échec de l'adaptation de *J'irai cracher sur vos tombes*, s'affranchir de l'image désastreuse de Vernon Sullivan… Ses proches eux-mêmes avaient prédit une débâcle à ce vaudeville ubuesque, condensé de la pensée de Vian et de son style, tout à la fois anti-impérialiste, antimilitariste et anticlérical. Ç'aurait dû finir en un habituel désastre. Au lieu de quoi, le public en redemande.

Et lorsqu'un grondement soudain le sort de ses pensées, c'est une ovation.

Les spectateurs, debout, acclament la troupe. Une main attrape celle de Boris, l'entraîne jusque sur scène, se joindre à l'équipe. Dans les lumières folles des projecteurs, il affiche un sourire qu'on ne lui a plus vu depuis trop longtemps. Sa figure, plutôt que sa pâleur habituelle, présente les couleurs mêlées de joie et de fierté. Il se rappellera longtemps de cette soirée, songe-t-il, s'efforçant de masquer une quelconque trace d'orgueil sur son visage. D'un geste de tête, il salue le public. Son public.

Il faut fêter ça.

Quittant la scène et gagné par une excitation libératrice, Vian décide de s'épargner les mondanités de rigueur, trouve deux, trois amis avec qui s'éclipser discrètement pour gagner Saint-Germain, profiter de ce que Duke Ellington est à Paris pour le rejoindre et célébrer cette soirée comme elle le mérite : au son de son idole.

38

Deux semaines plus tard, c'est encore le Duke – un 78 tours de *Mood Indigo*, pour être exact – qui résonne à travers l'appartement de la rue du Faubourg-Poissonnière. Il est à peine six heures du matin et, sortie de sa nuit par la zizique un peu trop forte, Michelle trouve Boris affairé à sa table de travail. Il porte son costume de la veille et l'odeur si singulière des caves de jazz, à quoi l'on peut déduire, sans trop risquer de se tromper, qu'il ne s'est pas couché.

Depuis l'entrebâillement de la porte, elle l'observe sans un mot. Le visage est marqué par la fatigue et la mélancolie, le corps, lui, légèrement courbé sur ses notes, a perdu de sa force. Vian n'encaisse plus si bien les excès. Et encore moins les échecs.

Car malgré les réactions formidables lors de la première de *L'Équarrissage pour tous*, malgré les soutiens de Cocteau et de Barjavel, le théâtre des Noctambules se fait chaque soir un peu plus vide. La faute à ces articles reprochant encore à Vian – au risque d'exaspérer les lecteurs – son penchant pour le tapage et ses romans signés Sullivan. On raconte que certains, inspirés par cette ambiance délétère, et sûrs de ce qu'ils croient être de l'humour, se moquent ouvertement de « Boris Viande » ; la conjuration des critiques s'avère pour le moins tenace.

Face à cette nouvelle désillusion, Michelle n'a pas trouvé d'autre solution que de laisser Boris à sa frénésie maladive, enchaîner les concerts d'Ellington et les soirées trop arrosées, gratter des nuits entières d'irascibles réponses à ces attaques, redoubler de projets en tous genres : spectacle à sketches, scénarios, livrets d'opéra. La plupart de ces travaux, elle le sait, resteront sans lendemain, sinon ce *Manuel de Saint-Germain-des-Prés* – commande éditoriale qui enchante peu son auteur, mais enfin, il faut bien nourrir son homme, sa femme et ses deux enfants.

Elle aurait tout un tas de raisons, ce matin, d'être furieuse contre lui, mais elle s'est lassée de ces excentricités depuis longtemps. Elle regarde désormais son mari comme on considère un jouet de son enfance, sans plus croire, malgré l'attachement qu'on lui porte, à la survivance d'un quelconque désir. Après tout, que reste-t-il du jeune homme brillant, passionné et si parfaitement libre qu'elle avait tant aimé ? Le voilà, dix ans plus tard, enferré dans ce rôle de petit auteur à scandale, pris au piège de Sullivan, gâchant son talent et sa santé pour une blague de potache devenue hors de contrôle.

Elle avait espéré mieux de lui. Bien mieux. Qu'il devienne ce genre d'homme à l'intelligence juste. Avec qui partager d'éblouissantes conversations et de longues balades sur les bords de Seine. De ceux qui savent vous donner goût à cette sensation rare et fragile d'être comblée. Jamais elle ne s'était imaginé chercher ce bonheur ailleurs que dans les bras de Boris ; et encore moins le trouver dans ceux de Sartre.

Elle retient une larme, s'avance vers lui et pose sur son épaule une main délicate. Ça va ? demande-t-elle.

Ça va, oui, se contente-t-il de répondre d'une voix blanche et sans même la regarder, ça va. Mais personne n'est obligé de le croire.

39

Pourtant, il faudra bien que ça aille. Qu'il échappe à cette langueur. Qu'il fasse l'effort de se montrer à son avantage. C'est le minimum, lorsqu'on s'apprête à comparaître devant la 17e chambre du tribunal correctionnel.

Arrivé au palais de justice, cependant, Boris se crispe, éprouve un léger vertige. Il faut dire que l'architecture de l'endroit, vaste, monumentale, imposante, promet au citoyen modeste une bagarre pour le moins inégale face à la grandeur de l'État. Il considère la salle des pas perdus agrippé au bras de Michelle, pareille à une infirmière veillant sur son malade.

Dans le décor froid d'arcades et de marbres règne une

tension saisissante. Accusés et témoins endimanchés se mêlent aux magistrats dans un ballet foutraque. Tout ce petit monde se presse, tempête, s'agite. Au fur et à mesure qu'il avance à travers eux, Boris happe à la volée de petits bouts de discussions : espérant ici la faveur d'un juge réputé pour sa mansuétude, préparant là un ultime coup de Trafalgar, ou potassant les derniers arguments de la défense ; quotidien immuable de la justice, au bout de quoi, la salle d'audience.

En attendant que chacun prenne place et l'ouverture des débats, un photographe de presse immortalise l'instant. Sur le cliché, Vian, debout, les cheveux plaqués en arrière, ne s'est pas défait de son trench-coat, qui laisse deviner une chemise blanche et une cravate noire – sobriété savamment pensée pour l'occasion. Le regard est fuyant, presque apeuré ; celui d'un enfant pris sur le fait. Le front est luisant. Son sourire vire à la grimace. D'aucuns lui trouvent le *teint absinthe.* Derrière une fausse décontraction, il suinte le malaise. On croirait l'entendre hurler son envie d'être ailleurs.

À ses côtés : Me Georges Izard, son avocat, reconnaissable à ce qu'il porte la robe ainsi que l'air tranquille des habitués du palais ; une cigarette fume entre ses doigts. Défenseur à la solide réputation, Izard est connu pour son engagement politique et moral sans faille : antifasciste de la première heure, député de gauche, membre de la résistance et prisonnier de la gestapo. Parcours admirable

– à peine terni, des années plus tard, par son entrée à l'Académie française –, qui ne peut nous faire oublier sa ressemblance étonnante avec Alfred Pasquali, le metteur en scène de *J'irai cracher sur vos tombes*. Même crâne chauve couronné de cheveux noirs, même physique nerveux, même art de la comédie. Comme si, jusqu'à son propre procès, tout dans l'existence de Vian devait tenir du spectacle.

Notons encore, bien qu'il nous soit permis de douter de l'utilité de cette précision, qu'au premier plan se trouve un crâne, de dos, atteint d'une alopécie avancée.

Au fond, enfin, une tête dépasse derrière l'épaule de l'avocat. Un bout de visage se dessine : celui de Jean d'Halluin.

40

Fidèle à son élégance, ce dernier a choisi pour comparaître un costume gris au motif Prince de Galles, chemise blanche au tissu italien et cravate noire de même provenance. Ses traits juvéniles et de discrètes lunettes finissent de lui assurer l'apparence d'un brave garçon. Il affiche une sérénité étonnante, échange une plaisanterie avec son conseil, salue Michelle d'un geste de main amical, comme si sa présence au tribunal consistait pour lui en une activité banale ; l'habitude, sans doute, d'assurer la défense de ses auteurs.

Malgré les ennuis judiciaires – à celui de Sullivan s'est récemment ajouté le cas d'un autre de ses auteurs,

Maurice Raphaël, lui aussi attaqué par le Cartel d'Action Sociale et Morale –, d'Halluin continue d'imprimer sous couverture noir et rouge des romans aux titres toujours plus prometteurs : *Faut qu'ça saigne*, *Les Écrevisses ont le dernier mort*, *La Môme casse-burette*, *Du tord-boyaux pour les durs*, *Débrouillez-vous avec la morte*... Manière de poésie qu'aucune menace ne semble pouvoir stopper.

L'entrée du juge n'y change rien. Suivant le mouvement général, Jean s'assoit, écoute avec attention les propos liminaires du magistrat. Mais rapidement, l'ennui guette. Il faut le comprendre : les premiers témoignages s'enchaînent sans désordre ni le moindre espoir d'esclandre. L'intervention policée de Queneau est suivie par celle, non moins convenable, du Conseiller d'État Georges Huysmans, après quoi, c'est au tour de l'écrivain André Berry – professeur respectable au Lycée St-Louis le jour, auteur érotique sous pseudonyme au Scorpion la nuit – de faire sa déposition. La lecture, enfin, d'une lettre de Jean Paulhan vient clore cette succession de laudateurs visant à faire passer Vian et d'Halluin pour de jeunes gens bien rangés, bien mariés, bien éduqués, loin, donc, de l'image de pornographes qu'on leur prête.

Cela fait, avocats et substitut du procureur entament leur combat à coups de jurisprudences, d'articles de lois et de décrets, citent le Code pénal et celui d'instruction criminelle, rappellent les procès Flaubert et Baudelaire, convoquent Sade, Faulkner, Gide, Joyce... Horreur, dit l'un. Obscène, répond l'autre. Censure, conclut le dernier. S'ensuivent de longs argumentaires sur la liberté d'expression, ses interprétations et ses limites. Les discussions s'enfoncent dans d'interminables considérations techniques et morales. L'ensemble, reconnaissons-le, s'avère assez pénible.

Seul un homme, au fond de la salle, prend plaisir à ces débats. Malgré les années, il n'a pas changé ; à croire que son obsession pour la probité des mœurs l'entretient avec réussite. Il affiche une posture aussi droite que ses principes, et une confiance peu rassurante pour ses adversaires du jour. Les plus perspicaces auront reconnu Daniel Parker.

Fort des batailles menées face aux subversions de son temps – depuis l'infâme Henry Miller jusqu'à l'obscène *Journal de Mickey*, sans oublier *Tarzan*, dont la perversion n'est plus à démontrer –, Parker peut s'attendre aujourd'hui encore à une victoire facile. Si bien qu'un rictus mauvais marque sa figure.

Pourtant, il ne le sait pas encore, mais il mène là l'un de ses derniers combats.

Est-ce l'influence des romans noirs ou les méthodes ordinaires du milieu littéraire, Gaston Gallimard, excédé par les procédures du Cartel, vient de mandater un détective privé aux fins de s'intéresser à la vie du moraliste. L'enquête, après des semaines à fouiller, planquer, épier, étudier jusqu'au moindre aspect de son existence, finira par démontrer l'ignominieuse passion de Parker pour les petits garçons. De quoi faire taire à jamais le bon père de famille et défenseur autoproclamé de la vertu.

En attendant ce formidable retournement de situation, toutefois, c'est encore Vian que le substitut du procureur demande à entendre.

41

L'accusé se lève et, selon l'usage, donne nom, prénom, profession – sur ce point précis, l'audience perd un peu de temps afin de tirer les choses au clair –, et cependant qu'il annonce son âge, une partie de la salle s'étonne. Avec tout ça, on l'oublierait, mais Boris n'a que trente ans. À son faciès fragile et son regard mélancolique, on lui en donnerait dix de plus.

Le substitut, lui, n'a pas l'intention de s'attarder sur ces détails. Le prévenu, déclare-t-il d'une voix assurée, a par deux fois au moins, lors d'un dîner avec le directeur de la DST d'abord, puis devant le juge d'instruction, reconnu être le véritable auteur des œuvres de Vernon Sullivan.

Nonobstant ces déclarations, le prévenu a par la suite affirmé le contraire dans la presse, prétextant avoir essayé de protéger le dit Sullivan de la justice française...

Face à l'ennui de l'exposé, Boris décroche. Il porte d'autant moins d'intérêt aux arguments du parquet que ses propres pensées l'ont déjà transporté loin d'ici. À Saint-Tropez, précisément, où il passera bientôt l'été. Il se figure l'azur immaculé et les baignades en mer, les siestes à l'ombre des pins parasol et les promenades le long des sentiers bordés de cistes et de lentisques. Michelle ne l'accompagnera pas. Ursula, en revanche, la jolie danseuse suisse qu'il vient de rencontrer, le rejoindra peut-être pour quelques jours. Ils feront la fête toute la nuit et l'amour dans les lumières fauves du petit matin, vogueront depuis les apéros de la Ponche jusqu'aux soirées du Club. Derrière les comptoirs, Boris jouera au barman pour amuser les copains venus à Saint-Tropez voir à quoi ressemble ce soleil dont on parle tant. Il se promet aussi de profiter de ce séjour pour flemmarder, emmener Petit Bison à la pêche et caboter au large de Gigaro.

D'ici les vacances, il lui reste encore à corriger les épreuves de *L'Herbe rouge* ainsi que celles du dernier des Sullivan, *Elles se rendent pas compte*. S'il en trouve le temps, il aimerait pouvoir avancer sur ce projet de spectacle à sketchs et sur cette esquisse de roman qui traîne depuis longtemps : *Les Fillettes de la reine*. Il y a ce livret d'opéra, aussi, d'après une œuvre de Balzac, et dont la musique devrait être composée par Django Reinhardt.

Autant d'idées interrompues par la voix cassante du substitut du procureur, s'adressant à Boris et lui posant pour la seconde fois la même question : Monsieur Vian, pouvez-vous, ici, et sous serment, dire à la cour si oui ou non vous êtes le véritable auteur de *J'irai cracher sur vos tombes* ?

Vian soupire. Il lève le visage. Quelque chose dans son œil s'est éteint. La fête touche à sa fin.

42

L'aveu de la supercherie, bien sûr, a fini de faire tourner le procès en faveur des censeurs. Et puis, soyons honnêtes, la réputation de Vian et d'Halluin, l'élaboration de fausses preuves, la publicité mensongère, ainsi que les cent trente mille exemplaires vendus de *J'irai cracher sur vos tombes*, n'ont pas convaincu la justice de se montrer clémente.

Verdict : le 13 mai 1950, le juge déclare l'auteur et son éditeur coupables d'outrage aux mœurs, et les condamne à une amende de 100 000 francs chacun. Au prétexte d'empêcher ces ouvrages « empreints d'obsession sexuelle » de tomber entre les mains des plus jeunes, il ordonne par ailleurs la saisie et la destruction de tous les exemplaires de *J'irai cracher sur vos tombes, I Shall Spit on Your Graves* et *Les Morts ont tous la même peau.*

Atterré par cette décision, Boris rédige une réponse à paraître dans *Combat* sous ce titre célèbre : « Je suis un obsédé sexuel ». Déplorant que son fils se contrefiche de la littérature érotique – Petit Bison ne jurant, dit-il, que par la lecture du *Sceptre d'Ottokar* –, il y démontre l'évidente bêtise de la sentence.

Les bénéfices résultant de sa petite blague – à peu près 4 500 000 francs, soit vingt années d'un salaire d'ingénieur ; de quoi se moquer ouvertement de la justice – pourraient expliquer le ton si sarcastique de son texte. Cet argent, pourtant, Boris l'a dépensé tout aussi consciencieusement que d'Halluin, dilapidant l'entièreté de ses gains dans les fêtes et l'alcool. Et tout ça sans prendre la peine de payer le moindre centime d'impôt – attitude dont la légèreté ne facilitera pas ses relations avec le Fisc.

Par la faute de Sullivan, voilà donc Vian condamné, fauché, et bientôt divorcé.

43

Finissons-en.

1959, donc.

Le 23 juin, pour être précis.

C'est un mardi et Boris Vian roule en direction des Champs-Élysées. Sa Morgane 56 aux allures de bolide file le long du boulevard des Batignolles et l'air tiède gifle son visage engourdi.

Il s'est levé d'une humeur sombre, ce matin. Éreinté aussi. Et les mains tremblantes. Il marmonne pour lui des mots qui se perdent dans le grondement de la ville. Il y est question de cinéma, de retard, d'emmerdements qui n'en finissent jamais ; l'idée de ce rendez-vous ne l'enchante visiblement pas.

Ursula, elle, est restée à la maison ; il a préféré lui éviter cette corvée. Avant qu'il ne parte, elle a posé sur ses lèvres un baiser, et n'oublie pas ton médicament, a-t-elle dit. Et comme à chaque évocation de sa maladie, Vian s'est emporté, a quitté l'appartement en claquant la porte et sans penser à ces maudites pilules. Ce n'est pas grave, songe-t-il alors qu'il passe le croisement de l'avenue de Villiers, je les prendrai en rentrant.

Il a maintenant trente-neuf ans et le sort, monstre cruel, lui a retiré peu à peu chacun de ses rêves comme on arrache ses ailes à une mouche. Son cœur lui a imposé d'abandonner la trompette. Les échecs répétés de ses romans, eux, ont eu raison de ses ambitions littéraires.

Il faudrait pourtant de longs et vertigineux écrits pour dire toutes ses activités des dernières années. Dix volumes comme celui-ci n'y suffiraient pas tant l'époque fut pleine d'expériences, de revirements, de contrariétés et de rebondissements.

Mentionnons tout de même – quoique tout cela ait peu de rapport avec l'existence de Sullivan –, et dans le désordre le plus fidèle à Vian, le succès formidable de *Cinémassacre*, spectacle dont les quatre cents représentations lui permirent, sinon de s'enrichir, de solder ses dettes fiscales ; ses activités de Satrape et promoteur Insigne de l'ordre de la grande Gidouille au sein du Collège de 'Pataphysique ; l'écriture de près de cinq cents chansons, qui lui vaudront quelques tubes, mais aussi de nouveaux ennuis avec la censure; son poste de directeur artistique chez Philips puis chez Barclay; son influence décisive sur le parcours de ce jeune chanteur nommé Lucien Ginsburg; sa contribution à l'émergence du rock'n'roll français aux côtés d'Henry Cording & Big Mike, plus connus sous les noms d'Henri Salvador et Michel Legrand; la rédaction soutenue de chroniques, de poèmes, de scénarios, de traductions; sa participation à un court-métrage sur La Joconde; son rôle dans *Les Liaisons dangereuses 1960*; sa collaboration au documentaire *Saint-Tropez, devoir de vacances*; sa passion pour la science-fiction; sa fascination pour John Wayne; sa pratique de la cuisine selon Gouffé; son étude des théories d'Alfred Korzybski; et lorsqu'on croit qu'il n'y a plus rien à imaginer, on apprend qu'entre deux soirées à Megève, Vian s'est un jour engagé dans l'équipe de France de bobsleigh.

On pourrait continuer un moment, comme ça, à se balader dans sa vie, mais voilà, Boris vient de se garer sur les Champs-Élysées et descend à pied l'avenue jusqu'à la rue Marbeuf.

Le souffle est court, désormais, et l'oblige à ralentir. Il tourne à main droite, le Marbeuf ne se trouve plus très loin. Massé devant la salle de cinéma, il reconnaît certains visages parmi lesquels producteurs, réalisateurs, acteurs et amis. Tous remarquent la démarche encombrée de Boris, traînant comme un vieillard dans un corps trop jeune pour lui. Mais à peine l'ont-ils salué d'une poignée de main polie ou d'une tape dans le dos qu'il faut se dépêcher, la projection va démarrer. Tout ce petit monde s'active soudain, Boris a juste le temps d'apercevoir l'affiche qui orne la devanture du bâtiment : illustration dans le plus pur style américain de l'époque, flanquée d'une accroche promettant « Le film que personne n'avait osé faire ! » ; publicité à ce point putassière qu'elle n'est pas sans nous rappeler les méthodes utilisées pour vendre *J'irai cracher sur vos tombes*.

Et pour cause, c'est que le canular n'a pas échappé à son adaptation cinématographique.

Longtemps, Boris a travaillé sur ce projet de scénario, encouragé par les sommes en jeu et sans autre vision artistique, reconnaissons-le, que d'éviter la censure et les poursuites judiciaires. Mais l'édulcoration de l'histoire, la signature de contrats alambiqués, et son caractère un rien trop libre pour l'industrie du cinéma, l'ont peu à peu éloigné de l'idée, pour finalement en être tout à fait dépossédé par les producteurs.

On comprend mieux l'humeur contrariée de Vian, et ce cœur qu'on entend battre à plusieurs mètres à la ronde.

Il s'installe à sa place, sûr que le film sera un navet – là-dessus, la postérité lui donnera raison – et, tandis que les lumières s'éteignent, il se départ peu à peu de son immuable moue facétieuse.

Le générique démarre, et avec lui la formidable musique de son ami Alain Goraguer ; satisfaction de courte durée puisqu'à l'écran, suivant les noms des comédiens et ceux de l'équipe technique, c'est le sien – lui qui avait exigé de n'être pas mentionné – qui se trouve crédité comme scénariste.

Il se lève d'un bond. Proteste. Vitupère. Et, admettant que cela ne sert à rien, se rassoit, exaspéré. La nullité des premières scènes ne l'incite pas à décolérer. Chaque bout de dialogue est l'occasion d'une nouvelle plainte, d'un nouveau râle. Ces mecs-là sont américains comme mon cul, jure-t-il, atterré par la faiblesse des acteurs. Il s'épuise dans d'inutiles grognements. Et soudain, une douleur transperce sa poitrine. Dans l'obscurité de l'endroit, son visage se referme. Il respire de plus en plus mal. Et bientôt de moins en moins.

Quelques minutes passent et son voisin s'étonne de ne plus l'entendre. Il se penche vers lui mais ne distingue rien, pas un souffle, aussi léger soit-il. Il tâte le bras de Vian, le secoue, s'inquiète maintenant de le trouver tout à fait inerte au fond de son fauteuil.

On fait couper le film, rallumer la salle, mais la bande-son continue de hurler un jazz obsédant. Par-dessus la rythmique de basses et de percussions compulsives, les cuivres tonnent une mélodie nerveuse. Le swing cavale, diabolique, entêtant. Boris, pourtant, n'esquisse pas le moindre mouvement, pas même pour accompagner le tempo.

Sous sa chemise, son cœur ne battait plus que de façon dérisoire.

Ce roman biographique ne prétend pas à l'exactitude historique. Si l'invention y tient une place importante, il doit toutefois beaucoup aux ouvrages, travaux et autres documents relatifs à Vian, parmi lesquels :

- *Boris Vian*, de Claire Julliard (Folio).
- *Les Vies parallèles de Boris Vian*, de Noël Arnaud (Le Livre de Poche).
- *Le dossier de l'affaire «J'irai cracher sur vos tombes»*, de Noël Arnaud (Christian Bourgois).
- *Boris Vian, Correspondances, 1932-1959* (Fayard).
- *Capharnaüm n° 4 : Les Éditions du Scorpion* (Finitude).
- *Cahiers de l'Histoire du Pays Maraîchin n° 4 : Boris Vian à Saint-Jean-de-Monts*, article de J.-M. Cauneau.
- *Boris Vian, du jazz à l'opéra*, série documentaire de France Culture.
- *Boris Vian, La Vie jazz*, documentaire de Ph. Kohly.

ACHEVÉ D'IMPRIMER
PAR L'IMPRIMERIE FLOCH À MAYENNE,
EN MAI DEUX MILLE VINGT-TROIS,
OU POUR CEUX QUI PRÉFÈRENT
EN PALOTIN CENT CINQUANTE
DE L'ÈRE PATAPHYSIQUE,
LE JOUR DU SOIXANTE-DIXIÈME ANNIVERSAIRE
DE L'ACCESSION DE BORIS VIAN
À LA SATRAPIE.